A LA RECHERCHE DE SÖREN

CAMILLE LEVY

FV ÉDITIONS

TABLE DES MATIÈRES

A LA RECHERCHE DE SÖREN

Chapitre 1	9
Chapitre 2	13
Chapitre 3	18
Chapitre 4	24
Chapitre 5	32
Chapitre 6	38
Chapitre 7	46
Chapitre 8	54
Chapitre 9	60
Chapitre 10	69

APPRENDRE À ÊTRE SOI-MÊME

Avant-propos	77
Des règles discutables	79
Une diversité nécessaire mise en danger	82
Se faire confiance en refusant le formalisme	85
Être en accord avec soi-même	88
Prendre le recul nécessaire	93

Nous ne connaissons de nous-mêmes que ce que les circonstances nous ont donné à connaître.

— PAUL VALÉRY

A LA RECHERCHE DE SÖREN

CHAPITRE UN

Åkarp, petite localité au nord de Malmö,
Suède, hiver 1973.

L'hiver suédois est très rigoureux, difficile à supporter même pour les natifs de cette région. En 1973, un froid intense balaye les plaines. Ces températures glaciales n'invitent pas à profiter des extérieurs pourtant si beaux que la nature peut offrir dans ces lointaines contrées. Ce soir-là, Viktor s'était réfugié dans sa cuisine avec pour seule compagnie une bouteille d'aquavit, l'équivalent scandinave du gin. Il avait besoin de se donner des forces pour affronter le tri des photos étalées sur la table. C'est à la lumière tamisée d'un vieux lampadaire à huile posé juste à côté de lui que Viktor, la mine froide et les yeux remplis de larmes, caresse du bout des doigts ce qui reste des jours heureux partagés avec Anna. Des photos de famille, des souvenirs de voyage, voilà tout ce qu'il possède, comme si tout le reste n'avait plus aucune importance. Il venait de perdre son épouse, emportée par la maladie à l'aube de ses trente-cinq ans.

— Mais que vais-je devenir sans elle ? se répétait-il en boucle à haute voix.

Regardant ces images une à une, il trouve un cliché pris sur la place de l'église de Malmö, à l'occasion du marché de Noël. Les festivités de fin d'année s'accompagnent toujours de soirées passées autour d'un vin chaud en famille ou entre amis. Sur celle-ci on peut voir Anna, Viktor et Sören, son copain d'enfance. Les deux garçons posent fièrement, chacun la main sur l'épaule de l'autre, un grand sourire sur leur visage.

— Toi, aussi, tu m'as quitté Sören. Aujourd'hui que j'aurais bien besoin de ton soutien, tu n'es pas là, parti sans laisser de traces…

Trois ans plus tôt, Sören s'était évaporé, sans que personne ne sache ce qu'il était devenu, ni même s'il était encore vivant. C'est pourtant dans ces moments-là que la présence d'un tel ami serait bien utile.

Le lendemain, en fin de matinée, c'est le passage du facteur, avec son vieux véhicule, qui réveille Viktor. C'est à moitié endormi, le teint fade et l'haleine chargée, qu'il se décide à sortir enfin de sa chambre et qu'il constate, comme chaque jour depuis le décès d'Anna, que des lettres lui ont été envoyées. Les condoléances réchauffent le cœur et sont en même temps une épreuve, le signe irréfutable que vous avez été frappés par la fatalité, que la mort s'est invitée chez vous.

Viktor descend l'escalier péniblement et ramasse au sol les plis qui ont été glissés au pas de sa porte. Six ; aujourd'hui, Viktor a reçu six lettres. Deux sont des factures, l'électricité et les pompes funèbres, une troisième est un courrier émanant du parti politique d'Olof Palme, et les trois autres semblent être des mots de condoléances. Deux d'entre eux sont dans une enveloppe blanche avec une présentation assez classique, et la dernière, détail assez surprenant dans ces circonstances, est rouge vif et d'une taille peu commune, un format réduit qui ressemble à celui d'un jeu de cartes.

Sans attendre, Viktor se dirige dans la cuisine, pose les lettres sur la table et conserve à la main ce pli rouge qui attise sa curiosité. Il se munit d'un couteau et éventre l'enveloppe. A l'intérieur se trouve un bristol blanc sur lequel est inscrit en grosses lettres noires une citation apposée comme il se doit entre guillemets. Il est écrit ceci : « *Vivre sans espoir, c'est cesser de vivre.* » — Fiodor Dostoïevski.

A la lecture de ces quelques mots, Viktor marque une pause. Ses yeux semblent rivés sur la carte. Interloqué mais pensif, il se met à froncer des sourcils. Il la tourne pour vérifier que rien ne soit inscrit au dos. Rien, absolument rien. Il pose la carte, reprend l'enveloppe dans ses mains et cherche un indice.

— « Mais qui m'a envoyé cette carte ? Elle n'est même pas signée ! », se demande-t-il.

Après une courte mais très intense réflexion, deux points suscitent désormais son attention. En premier lieu, il y a ce timbre sur l'enveloppe. Il est recouvert de plusieurs coups de tampon qui le rendent illisible, mais de toute évidence, le courrier n'a pas été posté depuis la Suède. Puis, il y a cette citation. La dernière fois que Viktor l'avait entendu, c'était au théâtre, dans une pièce qu'il était allé voir avec Sören. Mais ne s'agit-il pas là d'une simple coïncidence ? Les écrits de Dostoïevski sont réputés et rien ne peut indiquer à ce stade qu'il y ait une quelconque relation avec son ami d'enfance. C'est sans doute une personne qui a simplement oublié de signer la carte, et qui pense bien faire en envoyant ces quelques mots d'encouragement.

CHAPITRE DEUX

Après avoir passé une nuit agitée, Viktor décide de ne pas en rester là et prend l'initiative d'appeler Hilda, la compagne de Sören. Les relations qu'il entretient avec cette fille de bonne famille sont distendues depuis la disparition de son ami. Il pensa même un temps que c'est elle qui avait fait fuir Sören. Elle voulait qu'ils se marient, elle voulait fonder une famille, mais cette perspective n'avait jamais été du goût de ce jeune homme dont tout le monde connaissait les multiples conquêtes et un penchant assumé pour la gent féminine. Sören était bel homme et il en avait parfaitement conscience. Hilda, quant à elle, est une fille assez banale, blonde, petite et sèche, avec un style typique de la petite bourgeoisie suédoise, chic mais pas trop, sympathique mais pas trop non plus, préférant garder ses distances avec les personnes extérieures à son cercle de connaissances. Viktor s'était d'ailleurs toujours demandé comment il avait rencontré Hilda et quelle pouvait être la raison mystérieuse qui le poussa à se ranger avec elle. C'est bien simple, pour Viktor, Sören était dans ce couple une erreur de casting : pas assez riche, pas assez cultivé, un physique avenant qui ne permettait pas de combler les différences évidentes entre ces deux personnes. Mais il paraît que l'amour est enfant de bohème, certains disent même qu'il est aveugle…

Viktor décroche son téléphone filaire de couleur orange et se met à composer le numéro à cinq chiffres sur le cadran circulaire. A cette époque, composer un numéro prenait un certain temps, un temps suffisamment long pour laisser libre cours à la réflexion lorsque le cadran revenait à sa position initiale entre chaque chiffre. Viktor se demande comment lui annoncer la réception de cet étrange courrier. Il se demande aussi si elle ne va pas lui rire au nez, le prendre pour un fou peut-être. Qu'importe, dans quelques secondes, il faudra bien que Viktor trouve les mots justes.

Le téléphone sonne dans ce quartier huppé de Malmö. Hilda décroche et laisse entendre sa voix teintée d'une forme de snobisme déjà perceptible. A la première syllabe, il ne fait aucun doute pour Viktor qu'elle n'a pas changé :

— Allo ?

— Bonjour Hilda, c'est Viktor Knofig.

A la fois surprise et méfiante, elle lui demande de confirmer son identité : — Viktor ? d'Åkarp ?

— Oui, c'est bien moi. Cela fait un moment que je ne t'avais pas appelé. Plus de deux ans, je crois…

— Comment vas-tu ? Que puis-je faire pour toi ? lui demande-t-elle poliment.

— Ecoute, c'est un peu compliqué… Je dois d'abord te dire qu'Anna est morte le mois dernier.

— C'est pas vrai ! Mais comment ne l'ai-je pas appris ? Que s'est-il passé ? s'exclame-t-elle en entendant la terrible nouvelle.

D'un ton hésitant, Viktor essaye de lui faire comprendre qu'il ne désire pas s'étendre sur le sujet et qu'il l'appelle pour autre chose :

— Tout s'est passé très vite. Elle était malade et personne, même pas elle, ne le savait. Nous avons tous été surpris par la brutalité de son cancer…

Hilda semble choquée : — Mais, c'est horrible ! Elle est tellement jeune…

Viktor, reprenant le cours de la conversation :
— Excuse-moi de te l'apprendre comme cela, au téléphone. Mais… Mais ce n'est pas pour cela que je t'appelle aujourd'hui.

— Je t'écoute Viktor, lui dit-elle, surprise.

— As-tu reçu des nouvelles ou quoi que ce soit de Sören ?

— Non pas du tout, dit-elle d'un ton sec. Je t'aurais prévenu immédiatement. T'as des informations de ton côté ?

Viktor reprend son souffle et parle avec retenue :
— Non… Non, pas vraiment. Mais je voudrais te

montrer quelque chose pour savoir ce que tu en penses.

— De quoi s'agit-il ? T'as retrouvé quelque chose ? lui répond-elle.

— Pas vraiment non plus. En fait, j'ai reçu un courrier non signé. Et…

Hilda lui coupe la parole : — Et tu crois que ça vient de lui ? Tu sais que j'ai toujours pensé qu'il n'était pas mort ? Tu le sais ça ?

— Oui, je le sais. Je le sais très bien… Je ne voudrais surtout pas que tu te fasses de fausses illusions, car j'ai peut-être tout inventé. Peut-être que je vois des choses qui n'existent pas et que je me fais des idées.

— Mais de quoi parles-tu ?

— Hilda, comme je te l'ai dit tout à l'heure, il m'est arrivé beaucoup de choses ces temps-ci et j'ai reçu un courrier de condoléances étrange. Des lettres, j'en ai eu des dizaines. Mais celle-là, j'aimerais bien te la montrer.

— Tu crois vraiment que Sören aurait pu t'envoyer une lettre de condoléances ? Mais comment aurait-il fait pour avoir une information que moi-même je n'ai pas eue ?

— Je n'en sais strictement rien Hilda. Mais ce dont je suis certain, c'est que s'il avait été tenu au courant, d'une manière ou d'une autre, il ne serait pas resté silencieux. C'est mon meilleur ami, et un pote ne peut pas être totalement absent dans ces moments-là… Enfin, c'est ce que je me dis et je t'avoue que je ne sais quoi en penser. Il faudrait qu'on se voit pour en parler…

— Aucun souci Viktor. Je donnerais tout ce que j'ai juste pour avoir une information sur ce qui lui est arrivé. On peut se voir quand tu veux. Je me libérerai.

Lui demandant si un rendez-vous dans un café de Malmö lui conviendrait, Hilda et Viktor se mettent d'accord pour se voir le lendemain, à dix heures, dans le petit café situé juste en face de la cathédrale.

CHAPITRE TROIS

Il est 9h 45. Il fait froid et la neige recouvre les trottoirs de la ville. Quand les températures sont aussi basses, on a presque l'impression que le temps s'écoule au ralenti. Tout est différent, la lumière, les couleurs et les odeurs. Même le son ne se répand pas de la même manière. L'ambiance générale est comme feutrée, presque pétrifiée.

Après s'être garé à proximité de la Sankt Petri Kyrka, Viktor presse le pas et se dirige vers ce café où lui et Sören venait de temps à autre, lorsqu'ils étaient en ville. Ce troquet n'a rien de luxueux mais il est convivial et l'atmosphère y est chaleureuse, parfaite pour se réchauffer avec un chocolat chaud ou une bière. Les pâtisseries y sont de plus excellentes, comme ces Kärleksmums, sortes de brownies nappés de noix de coco que Sören adorait.

Viktor s'engouffre dans l'estaminet et cherche du regard Hilda qui pourrait être déjà là. Rien à droite, rien à gauche, elle n'est pas encore arrivée. Viktor décide donc de s'asseoir au plus près de la fenêtre afin de la guetter.

Il enlève sa grosse veste polaire, commande une bière locale d'un signe assuré au patron de l'établissement, s'assoit sur l'une de ces vieilles chaises en bois et se met à scruter les allées et venues dans cette rue assez peu fréquentée en semaine.

A dix heures passées de deux minutes, après avoir consulté sa montre une énième fois, Viktor la voit enfin se diriger vers le café. Il va bientôt pouvoir lui montrer le pli qu'il a reçu deux jours plus tôt.

Elle entre et s'approche de lui :

— Je m'excuse du retard. Ma Volvo a eu du mal à démarrer ce matin.

— Bonjour Hilda. Ne t'inquiète pas. Tu es venue et c'est l'essentiel. Installe-toi, que je puisse te commander à boire.

Hilda dépose son long manteau blanc sur le bord de la chaise, et fait signe au serveur tout en s'asseyant de lui apporter la même chose que Viktor.

— Je n'en ai pas dormi de la nuit. J'ai hâte que tu me montres ce que tu as reçu.

Sans même lui dire un mot, Viktor pose l'enveloppe sur la table : — La voilà ! Moi non plus, je n'ai pas beaucoup dormi.

Il pousse délicatement la lettre vers elle de manière à ce qu'elle puisse l'ouvrir.

La prenant dans ses mains, Hilda s'attarde quelques instants et la retourne afin de voir si une inscription quelconque aurait pu échapper à Viktor. Ne voyant aucun indice particulier, si ce n'est cette couleur surprenante pour des condoléances et ce timbre postal recouvert de tampons, elle ouvre l'enveloppe et se retrouve face à ce petit bristol sur lequel figure la citation dont lui avait parlé Viktor la veille.

— C'est étrange en effet. Comme tu me l'avais dit, pas de signature, et un timbre qui semble ne pas être de chez nous. Tu penses vraiment que ça vient de Sören ? Et l'écriture sur le timbre c'est quoi ? Ce n'est même pas notre alphabet…

— Je peux me tromper mais je crois que sur l'un des tampons c'est du sanskrit, ou quelque chose dans le genre, lui dit Viktor en pointant du doigt le coin supérieur de l'enveloppe.

— Tu crois que ça pourrait venir de l'Inde ? Ou d'un pays comme le Pakistan ? Elle aurait mis plus de temps à arriver chez toi…

— Je n'en sais rien. Je n'arrête pas d'y penser, de tourner et retourner les choses dans ma tête. Et si tout cela n'était qu'une coïncidence ? Que cette enveloppe n'avait au final rien à voir avec le décès d'Anna ?

Hilda hoche la tête et dit avec un air pensif :

— C'est possible en effet… Mais surtout, rien ne nous dit que ça vient de Sören… J'ai pourtant tellement envie d'y croire.

Le serveur s'approche de leur table et dépose la commande d'Hilda. Elle le remercie et en regardant fixement Viktor lui pose avec un ton grave cette question : — Tu crois vraiment que c'est Sören qui t'a écrit ? Si tel est le cas, pourquoi ne pas l'avoir signée ?

— Je ne sais pas. Mais j'ai comme un pressentiment. Ce courrier vient de lui. Il veut me faire savoir qu'il est à mes côtés, qu'il soit au courant ou non de la mort d'Anna. Puis je me dis qu'il n'y a pas de hasard dans la vie. J'ai reçu cette lettre maintenant, car c'est maintenant que j'en avais le plus besoin. Et comme tout le monde le sait, le hasard fait parfois bien les choses.

— Il est possible que tu aies raison et que ce courrier vienne de lui. Personne n'a plus envie que moi de croire qu'il n'est pas mort. Tu sais déjà ce que j'en pense et je sais aussi que tu n'as pas le même point de vue que moi. Mais je reste persuadée que Sören m'a quitté pour une autre femme. Il a refusé de se marier et tout le monde dans son entourage, à commencer par moi, est au fait de son passé et de toutes ces filles qu'il a connues. C'était d'ailleurs un sujet de tensions récurrent entre nous. Il me disait que tout cela était derrière lui, mais j'ai toujours eu du mal à le croire, et ma jalousie n'a pas arrangé les choses. Disons-le franchement Viktor ! Sören est un joli garçon et il a toujours su en tirer profit, même après notre rencontre. Tu te rappelles Matilda, cette écervelée qui travaillait juste en face de son bureau ?

L'air un peu gêné, Viktor fait mine de ne pas s'en rappeler : — Non….euh…. je vois pas.

— Mais bien sûr que oui. Ne me prends pas pour une idiote. C'est toi qui l'avais couvert un soir où vous étiez supposés être ensemble. Je n'y ai jamais cru. Je suis certain qu'il avait eu un rancard avec elle. Ça faisait déjà un moment que notre couple n'allait pas fort, et il n'a pas résisté à la tentation. Je le connais par cœur et cette fille avait tout pour lui plaire !

— Calme-toi Hilda ! Ça ne sert à rien de remuer le passé. Dès l'instant où tu n'as pas de preuves, il est préférable de partir du principe que tout cela est faux. Sören est un mec bien. Il ne t'aurait jamais fait un truc pareil. Pas lui.

A cet instant, Hilda fond en larmes :

— Mais je l'aimais moi ! Et s'il me l'avait dit, je lui aurais pardonné... Je ne voulais pas qu'il parte. Je voulais vieillir à ses côtés, fonder une famille, être avec lui. Et il me manque tellement. Si seulement je savais où il est !

— Moi aussi Hilda. Il me manque. Et s'il n'a pas signé cette carte, c'est peut-être parce qu'il a des remords et qu'il n'a pas osé le faire. Il doit se sentir fautif.

— Mais fautif de quoi ? lui demande-t-elle.

— Je ne sais pas. Sans doute de nous avoir abandonné. Renouer le contact après avoir tout cassé aussi brutalement ne doit pas être simple. Essayons de se mettre à sa place, en espérant qu'il soit encore de ce monde et qu'un jour il nous reviendra.

— T'as raison Viktor. Comme c'est écrit sur la carte, il faut toujours garder espoir.

Hilda sèche ses larmes avec l'une des serviettes en papier mises à disposition sur un coin de la table, boit une gorgée de bière, et reprenant ses esprits demande à Viktor :

— Que comptes-tu faire ? T'as une idée ? Comment pourrions-nous avoir des informations sur cette lettre ?

— Écoute. Si tu en as le temps, allons ensemble à la poste, il y en a une à deux pas d'ici, et on verra s'ils peuvent nous dire d'où vient cette lettre. Ce sera déjà un début. En fonction, nous aviserons. Ça te convient ?

— Oui c'est bon pour moi. J'ai posé ma matinée. Payons la note et allons-y tout de suite.

Hilda finit son verre d'un trait pendant que Viktor se lève et se dirige vers le comptoir afin de régler l'addition. Dans six ou sept minutes, une fois arrivés au bureau postal de la rue Holmgatan, ils auront peut-être des indications précieuses sur le mystérieux pli.

CHAPITRE QUATRE

Hilda et Viktor se retrouvent désormais à faire la queue dans un bureau de poste dont la taille est tellement petite que seulement trois personnes peuvent y entrer en même temps. Cela tombe bien, il n'y a qu'une dame âgée devant eux qui semble vouloir se faire expliquer comment il faut procéder pour expédier une lettre en recommandé. La dame, toute vêtue de noir, est visiblement atteinte d'une légère surdité, ce qui oblige le monsieur qui se trouve au guichet à élever le son de sa voix pour se faire comprendre. Hilda et Viktor prennent donc leur mal en patience, en attendant de pouvoir obtenir d'éventuels renseignements sur le fameux courrier. Ici tout semble vieux, hors du temps. La peinture crème sur les murs ainsi que le mobilier en bois de couleur marron mériteraient un coup de fraîcheur, à l'image du personnel qui lui aussi semble usé par le temps. Ce n'est pas toujours facile de travailler dans un service public, et les employés de cette poste donnent presque l'impression d'avoir été punis. « Si tu ne travailles pas bien à l'école, disait-on à Viktor lorsqu'il était jeune enfant, tu finiras à la poste. ».

Au bout de presque un quart d'heure, une petite éternité dans ces circonstances, c'est enfin leur tour. Ils avancent vers le guichet, Viktor dépose l'enveloppe rouge devant lui et s'adresse au postier :

— Bonjour Monsieur, mon amie et moi-même aimerions avoir des renseignements sur ce courrier. Je l'ai reçu cette semaine et il semble avoir été envoyé de l'étranger. Auriez-vous une idée de sa provenance s'il vous plaît ?

Le jeune homme d'une trentaine d'années prend le pli dans ses mains, le retourne et observe avec attention le timbre et les multiples cachets postaux qui le recouvrent :

— Euh… ça vient en effet de l'étranger. Mais j'ai du mal à lire les inscriptions.

Hilda approche son visage et lui fait une remarque :

— Serait-il possible que ça vienne d'Inde ? On dirait du sanskrit ici.

Affichant une expression dubitative, le postier lui répond ceci : — Franchement je n'en sais rien… donnez-moi une minute que j'en parle à mon collègue.

Le jeune homme se retourne vers un employé

occupé à tamponner des formulaires à quelques mètres derrière lui : — Hé Gunnar ! Tu peux venir voir deux minutes s'il te plaît ?

Celui-ci, la petite soixantaine, en surcharge pondérale et portant une longue barbe poivre et sel, se retourne, se lève péniblement de sa chaise et se dirige vers le guichet : — Suis occupé là ! Il ne me reste que deux heures pour venir à bout de tout ça... Que veux-tu encore ?

— Regarde cette enveloppe. Ils aimeraient savoir d'où elle provient. T'as une idée ?

Gunnar saisit le pli dans ses mains et se met à porter son attention sur le cachet.

— C'est pas de chez nous ce truc ! Ça vient peut-être d'Asie, ou d'Afrique. Faudrait que j'arrive à déchiffrer le code de routage que l'on aperçoit au milieu des tampons.

L'encre étant presque illisible, Gunnar ouvre le tiroir situé sous le guichet et en sort une loupe : — Avec ça je verrai mieux. Je crois pouvoir déchiffrer les chiffres sous le timbre... C'est un 8, un 7 et peut-être un 3 ou un autre 8.

Gunnar prend un stylo et note sur un bout de feuille qui traîne la série de chiffres qu'il devine sur l'enveloppe.

— Je vais aller passer un coup de fil à la poste centrale et je vous dis quelque chose. Mais c'est bien parce que vous m'avez l'air sympathiques. En temps normal, je ne me serais même pas levé, dit-il avec un petit sourire en coin.

Alors que Gunnar se retire pour passer un coup de fil, le jeune guichetier s'adresse à Viktor et Hilda :
— Vous allez voir. Il connaît du monde là-bas. Il va nous trouver des informations !

A peine trois minutes plus tard, Gunnar raccroche et interpelle de loin son collègue : — India Post ! New Delhi ! C'est passé par la poste indienne !

Viktor se tournant vers Hilda :
— T'avais raison. Le courrier vient de l'Inde.

Dans le même temps, la jeune femme interroge le guichetier :
— Savez-vous combien de temps il faut à une lettre pour nous arriver depuis un pays aussi lointain ?
— Un certain temps madame… un certain temps.
— Et comment faire pour avoir de plus amples renseignements ?
— A part se rendre sur place, madame, je ne vois pas…

Forts de cette information, Hilda et Viktor, après avoir remercié le postier et son collègue Gunnar, sortent du bureau postal et se retrouvent sur le trottoir.

— Que faisions-nous maintenant ? demande Viktor.
— Je crois bien que la seule solution serait de se rendre en Inde, comme vient de nous le suggérer le monsieur.
— T'es folle ou quoi ? L'Inde c'est à l'autre bout du monde. Je n'ai jamais pris l'avion et de toute façon ça coûterait trop cher. Puis faire autant de trajet sans

être certain que cela fonctionne… très peu pour moi. Je préfère attendre une nouvelle enveloppe.

— C'est vrai. T'as raison. Se rendre là-bas ne serait pas raisonnable. J'ai pourtant tellement envie de savoir si Sören a bien envoyé ce courrier ou si c'est notre imagination et notre envie de le revoir qui nous jouent des tours. Demain, j'irai tout de même en parler à une amie qui tient une agence de voyages, par acquit de conscience. On ne sait jamais, c'est peut-être plus simple et moins cher que cela n'y paraît. Puis l'Inde ce doit être très beau, et sauf erreur de ma part ils ont longtemps été sous protectorat anglais, ce qui faciliterait la communication.

— Communiquer est une chose, s'y rendre en est une autre. Puis c'est vraiment le genre de pays qui ne m'attire pas. Ce doit être très sale et très pauvre, un vrai coupe-gorge.

Le lendemain, Hilda se rend à Möllevången, un quartier animé dans le centre de Malmö. Une amie d'enfance, Ludmila, y est gérante d'une agence de voyages qui organise des séjours culturels pour des groupes de retraités. Hilda lui parle de ce courrier et de cette idée folle qui consisterait à se rendre en Inde.

— Ce doit être compliqué et onéreux de se rendre en Inde ? demande-t-elle à son amie.

— Les prix restent élevés mais ont beaucoup baissé depuis qu'ils se sont ouvert aux touristes. La British Airways fait régulièrement des promotions au départ de Londres. Le vrai souci pour nous autres, reste de devoir aller jusqu'à là-bas. Mais c'est moins compliqué qu'auparavant. Tu sais, le tourisme se développe à grande vitesse, et les infrastructures avec...

— Et tu crois que c'est dangereux pour une femme seule ?

— Pas vraiment. Pour cela, il suffit d'être accompagnée en permanence par un chauffeur privé réquisitionné par l'hôtel. Si tu réserves dans un établissement de luxe, tu n'auras aucun problème. En fait, il suffit d'y mettre le prix... Mais si tu le désires, je peux me charger de tout cela. C'est mon métier ! lui dit-elle en souriant.

— C'est aimable de ta part, mais s'il est vrai que j'en ai envie, il faut que j'y réfléchisse. Ce n'est pas une décision à prendre avec légèreté.

Hilda sort de l'agence contrariée. A cet instant, elle aurait préféré que Ludmila la décourage, de manière à être confortée dans sa décision de ne pas aller en Inde. Mais tel n'est pas le cas, et son amie, forte de son expérience et de son argumentaire commercial, s'est montrée convaincante et rassurante.

Hilda, une fois arrivée chez elle, s'installe dans ce grand canapé en cuir blanc qui trône au milieu du salon. Assise confortablement, elle se dit qu'en Suède il est rare de se sentir en insécurité, à l'inverse de ce pays qu'elle pense être resté au moyen Âge. Et cette culture, si lointaine de la sienne, lui fait peur. Pourtant, elle ne peut s'empêcher de penser que si elle ne va pas au-delà de ses préjugés, elle prend le risque de le regretter toute sa vie.

— Et si j'avais tort ? se dit-elle. Et cette crainte, est-elle justifiée ?

Lassée de remuer toutes ces questions dans sa tête, elle se lève et se dirige dans la cuisine pour s'y faire chauffer une tasse de thé. En ouvrant le placard au-dessus de l'évier dans lequel se trouve la théière, elle réalise que le Darjeeling est celui qu'elle a toujours préféré. Son arôme très fort et sa couleur orangée après infusion lui rappellent les après-midi passés chez sa grand-mère lorsqu'elle était petite. Elles parlaient souvent de la difficulté à cueillir ces feuilles une à une, et du travail minutieux que requièrent ces plantations. En ouvrant la boîte qui contient les feuilles noires, la nostalgie s'empare d'elle. Elle se rappelle qu'elle a toujours eu envie de visiter des champs de thé, de voir comment ils sont cultivés.

— C'est un signe ! se dit-elle. J'irai en Inde pour accomplir l'un de mes rêves d'enfance et honorer la mémoire de ma grand-mère.

Hilda est heureuse, elle vient de trouver un prétexte à ce grand voyage.

C'est ainsi que le 1er mars 1973, Hilda se retrouva pour la première fois de sa vie à prendre l'avion afin de se rendre dans un pays extra européen dont elle ne connaissait presque rien, si ce n'est ce qu'elle avait pu en lire chez Rudyard Kipling et Hermann Hesse. C'était pour elle le début d'une véritable aventure, à la fois source d'inquiétudes et d'un espoir auquel enfin se raccrocher, celui de retrouver la trace de Sören.

CHAPITRE CINQ

Dans les années 70, les connexions aériennes n'avaient rien à voir avec celles d'aujourd'hui. Prendre un avion n'était pas chose aisée et le coût n'était pas à la portée du plus grand nombre. Pour se rendre en Inde, Hilda devait d'abord aller à Londres en combinant le train et le bateau, puis prendre un vol long-courrier vers la capitale indienne. Un périple qui lui coûta une petite fortune, presque quatre mois de salaire pour un salarié de la classe moyenne. Qu'importe, puisqu'elle voulait à tout prix en avoir le cœur net. Puis elle en a les moyens étant issue de la petite bourgeoisie suédoise, héritière d'une famille qui avait fait fortune autrefois dans le domaine agricole.

Hilda est assise côté hublot, au rang 22 de l'un de ces gros porteurs de la British Airways. A bord le service est impeccable et l'atmosphère générale ressemble à un bar de luxe tel qu'on les voyait à l'époque : fauteuils larges et confortables en cuir, moquette au sol, alcool à volonté et possibilité de fumer à l'intérieur de la cabine. Autant dire que les conditions de vol sont optimales. Pourtant, la jeune femme n'est pas sereine. Elle s'interroge sur la suite des événements. Sera-t-elle à la hauteur ? Réussira-t-elle à mener à bien sa quête ? Et que se passerait-il si elle venait à rater Sören de peu à cause de son inexpérience en tant que détective ? Car c'est bien de cela dont il s'agit. Désormais, Hilda devait se mettre dans la peau d'une enquêtrice à la recherche du moindre indice pouvant la conduire à l'homme de sa vie.

A midi heure locale, c'est affublée de quelques heures de décalage horaire avec sa Suède natale, qu'Hilda atterrit enfin dans la capitale indienne. Le premier contact avec l'étranger est d'ores et déjà déstabilisant. A peine sortie de l'avion, le premier pied posé sur le tarmac, c'est la luminosité extrême du soleil qui agresse ses yeux. Elle a même du mal à les ouvrir complètement, ce qui ne l'empêche pourtant pas de s'étonner des couleurs vives de l'environnement dans lequel elle évolue. Le rouge est bien rouge, le jaune bien jaune, et le ciel, bien que nappé d'une brume de chaleur, est bien plus clair que ce à quoi elle est habituée. La chaleur y est également saisissante, au sens propre du terme. C'est un peu comme si de la vapeur aussi chaude que moite venait vous étreindre de toutes parts. Cette chaleur, écrasante et suffocante, s'accompagne d'une humidité à laquelle personne ne peut échapper. Elle pénètre dans vos narines avec son odeur singulière et vous fait transpirer au bout de quelques instants seulement. Hilda est aveuglée, elle a chaud, elle transpire, elle est fatiguée. Tel est son premier contact avec l'Inde.

A peine débarquée, une fois les formalités de douanes réglées et ses bagages récupérés, Hilda se met à chercher dans le hall de l'aéroport le chauffeur de l'hôtel que son amie Ludmila lui a réservé. L'établissement en question, l'Impérial, est l'un des plus réputés de la région, l'un des plus chers aussi. Il compte parmi ses clients de riches hommes d'affaires, des personnes publiques — ambassadeurs, diplomates et autres responsables politiques — et même des personnalités du cinématographe.

Cinq petites minutes lui suffisent à détecter au loin cet homme tout de blanc vêtu avec un turban rouge sur la tête qui l'attend avec une ardoise sur laquelle son nom est écrit en lettres dorées. Hilda se sent immédiatement rassurée. Elle va pouvoir se rendre à l'hôtel sans encombre, poser ses affaires et prendre une douche bien méritée.

Soulagée, elle s'avance vers ce monsieur et lui dit dans un anglais approximatif : — Bonjour, je suis Hilda. Je suis tellement heureuse de vous voir.

— Hello, Madam'. Je m'appelle Kiran et suis votre chauffeur. Laissez-moi prendre votre valise et suivez-moi. Le véhicule se trouve par ici.

Tous deux se dirigent désormais vers la voiture

mise à disposition par l'hôtel Impérial. Une vraie surprise pour Hilda. Ce véhicule est une magnifique Rolls-Royce noire, modèle Phantom III des années 1930 acquise peu de temps après l'ouverture de l'hôtel. La belle limousine, malgré son grand âge avec ses jupes arrondies, ses phares métalliques ronds, sa roue de secours latérale intégrée à la carrosserie et sa fière calandre argentée et surmontée du fameux Spirit of Ecstasy, son célèbre bouchon de radiateur, impressionne par son luxe et son classicisme. Mais le plus surprenant reste le contraste qui s'opère dès les premiers instants avec l'environnement urbain dans lequel s'enfonce Kiran. Les rues sont ici bondées, elles grouillent à l'image d'une fourmilière. Il y a du monde partout et tous ces gens, aussi différents les uns que les autres, ne semblent avoir de cesse de s'agiter. Le bruit, malgré l'habitacle calfeutré de la limousine, est saisissant. Les klaxons, les cris et le rugissement des moteurs s'agrègent dans une sorte de mixture sonore indescriptible. Hilda, fascinée par ce spectacle urbain, ne peut s'empêcher d'ouvrir la fenêtre. S'ajoutent dès lors les odeurs qui remontent de la rue, surtout lorsque le véhicule est à l'arrêt dans les bouchons, problème bien connu de la circulation dans les grandes villes indiennes. Ces odeurs, comme le bruit, ne cessent de se mélanger. Tantôt c'est les effluves d'essence qui dominent, tantôt ce sont les épices provenant des marchands de nourriture sur les trottoirs, tantôt c'est une puanteur épouvantable qui prend Hilda à la gorge. Ça empeste et ça sent bon à la fois. Le dépaysement est d'ores et déjà total.

Au bout de trois bons quarts d'heure, Kiran fait signe à Hilda qu'ils arrivent à l'hôtel. La voiture quitte les rues surpeuplées de la capitale et s'avance avec délicatesse sur le parvis de l'hôtel. — Que c'est beau ! se dit à elle-même Hilda dont l'expression des yeux témoigne de son émerveillement. Juste devant le bâtiment, la pelouse impeccablement entretenue et les gigantesques cocotiers rappellent l'exotisme du lieu. Mais d'un point de vue architectural, l'établissement reste classique, occidental dans son style très angulaire. Construit à la belle époque, au début des années trente, l'hôtel impose par ses dimensions. Tout peint en blanc, il est juste splendide, immaculé.

La voiture s'arrête, Kiran sort de la Rolls et s'empresse d'ouvrir la porte à Madam', en lui signifiant de se rendre à la réception. Hilda pénètre alors dans le hall majestueux de l'hôtel dont elle pense à cet instant qu'il porte bien son nom. Ici tout n'est que luxe, raffinement et volupté. Le marbre recouvre le sol et les murs, le mobilier est des plus chics, et ce lustre géant en cristal vient parfaire la décoration soignée de ce lieu réservé aux plus riches. C'est un cinq-étoiles, un vrai palace.

Hilda va bientôt recevoir la clef de sa chambre. Elle va pouvoir se doucher, manger un bout, se reposer et réfléchir à la mission qu'elle s'est fixée.

～

Il est presque vingt heures. Hilda se réveille tout juste après avoir fait une très longue sieste. Le voyage fut éprouvant et elle se sent déphasée. Il eut été préférable de ne pas s'endormir autant de temps en plein après-midi, mais Hilda paye ici son inexpérience. C'est son premier grand voyage, elle s'en rappellera pour la prochaine fois. Le balcon de sa suite donnant sur la magnifique piscine de l'hôtel, elle décide de s'y rendre afin d'y prendre un verre. Un petit cocktail lui remettra sans doute les idées en place.

Arrivée en bas, c'est en traversant l'un des patios qui mènent à la piscine qu'Hilda croise à nouveau Kiran :

— Re-bonjour, savez-vous où se trouve le bar de la piscine ? Je crois que j'ai besoin d'alcool, lui dit-elle en souriant.

— C'est tout droit Madam'.

— Merci encore.

— C'est bien normal Madam'. Si vous avez besoin d'autre chose, je suis ici pour vous servir, lui répond-il en inclinant légèrement la tête vers le bas.

Hilda se rend au bar et se dit alors que Kiran pourrait lui être utile. Il semble être un homme de confiance et il aura sans nul doute des idées intéressantes à lui suggérer quant à la recherche de Sören.

CHAPITRE SIX

Cette nuit Hilda a peu dormi. A six heures ce matin, elle était déjà bien éveillée. Après avoir pris un copieux petit-déjeuner servi dans sa chambre, elle se décide vers 7h 30 à descendre dans le hall de l'hôtel afin de demander si quelqu'un pourrait dans la journée l'accompagner à la poste centrale. Une fois arrivée à la conciergerie située juste à côté de l'entrée principale, elle demande au monsieur déjà en poste à cette heure matinale :

— Bonjour, je réside dans la suite 421, pourriez-vous me dire si quelqu'un pourra me conduire aujourd'hui à la poste centrale ? J'aurais besoin que cette personne puisse s'y rendre à mes côtés afin de m'aider à obtenir des renseignements. J'ai peur de ne pas y arriver seule.

— Bien évidemment Madam'. Je peux le demander à l'un de nos chauffeurs.

— Hier, c'est Kiran qui est venu me chercher à

l'aéroport. Si vous pouviez le demander à lui, ce serait parfait.

— Pas de souci Madam'. Il vient d'arriver et se trouve juste dehors en ce moment même. Je peux lui transmettre votre requête.

— Nul besoin de vous déranger, je vais aller le voir de ce pas.

Se dirigeant vers le parvis de l'hôtel, Hilda repère au loin Kiran qui est affairé à nettoyer son véhicule. Elle lui fait signe de la main et s'approche de lui.

— Bonjour Madam', lui dit-il sur un ton très courtois.

— Bonjour Kiran. Je viens de parler avec le concierge, et ce monsieur m'a dit que vous pourriez m'accompagner aujourd'hui à la poste centrale. J'y ai une demande spéciale à faire et peut-être pourriez-vous m'aider.

— Sans problème Madam'. De quoi s'agit-il ?

Sortant l'enveloppe mystérieuse de son sac, Hilda lui explique sans entrer dans les détails l'histoire qui l'amène ici et dit à Kiran qu'elle aimerait en connaître l'origine, savoir de quel endroit de l'Inde elle a été postée dans le but de retrouver son expéditeur.

— L'an dernier, le système postal a été modifié, Madam'. Nous utilisons désormais une sorte de code sur chaque courrier. Ça devrait vous être utile.

C'est en effet en février 1972 que la poste indienne a été modernisée. Le territoire fut découpé en zones, au nombre de huit exactement. Et l'index dont parle Kiran, lui-même composé de six chiffres, permet depuis de désigner la région, l'arrondissement, le district de tri et même le bureau postal.

— Vers quelle heure serez-vous disponible pour me conduire ? demande Hilda.

— D'ici une petite heure Madam'.

Sur ces mots, la jeune femme le remercie et lui indique qu'elle l'attendra au bar de la piscine afin qu'il vienne la chercher.

Après avoir consommé un jus de fruits frais et deux petites viennoiseries françaises que l'on ne trouve ici que dans les établissements de luxe, Hilda voit Kiran lui faire signe que son véhicule est prêt. Elle va donc pouvoir se rendre à la poste centrale située dans le vieux Delhi, à proximité de la gare et de la porte du Cachemire qui marque l'entrée nord de la ville fortifiée.

Presque une heure plus tard, c'est après avoir bravé une circulation intense et parcouru à peine plus de sept kilomètres qu'Hilda arrive enfin à destination. Le bâtiment, de style colonial néoclassique, dénote avec les édifices situés aux alentours. A l'inverse de cette jolie bâtisse blanche dont les parties supérieures des arcades sont peintes en rouge, la vieille ville est bigarrée, composée d'un bric-à-brac de petites maisons entassées les unes sur les autres dont les façades, le plus souvent, semblent tomber en ruine. Dans cette rue bruyante où les rickshaws et les carrioles en tous genres pullulent, le tout étant agrémenté d'une dense population où se mêlent vendeurs ambulants, ouvriers, hommes d'affaires et mendiants, la poste apparaît à Hilda comme un point de repère rassurant. Elle est de plus accompagnée par Kiran, un homme de confiance sans lequel elle se sentirait perdue.

Avant de rentrer dans l'édifice, Hilda pose un regard stupéfait sur le chaos qui l'entoure et se retourne vers son accompagnateur :

— C'est toujours comme cela en Inde ? Tous ces gens, ce bruit, cette odeur…

— Non Madam'. L'Inde est un très grand et un très beau pays. Certains endroits ressemblent même au paradis.

Préférant ne pas lui répondre et se disant à elle-même que le paradis n'est visiblement jamais loin de l'enfer, elle entre dans la poste aux côtés de Kiran qui prend les devants en lui ouvrant la porte. Tous deux se retrouvent désormais dans un grand hall d'où l'on peut voir différents guichets semblables à ceux que nous connaissons en Europe. Certains permettent d'envoyer du courrier, d'autres sont destinés à la réception des colis. Et au milieu de tout cela, de façon presque identique à l'extérieur, c'est une foule de gens qui vont et viennent dans une sorte de brouhaha constant et qui laisse Hilda sans voix. Kiran, se rendant compte que la jeune femme ne sait par où commencer, prend l'initiative de se rendre au guichet des renseignements et fait signe à Hilda de le suivre :

— Donnez-moi votre courrier, je vais demander ici, lui dit-il en allant vers la gauche.

— Je vous laisse faire Kiran...

Derrière ce comptoir, c'est un homme d'une cinquantaine d'années, barbe épaisse et petites lunettes rondes, qui les accueille avec un grand sourire :

— Hello. Welcome.

Kiran, l'enveloppe à la main, s'adresse à lui en hindi, l'une des vingt-deux langues officielles et la plus parlée de toutes :

— La dame a reçu en Europe cette lettre envoyée depuis notre pays. Elle voudrait retrouver son expéditeur. Est-il possible de savoir d'où elle a été postée exactement ?

— Si l'index est lisible, ce sera simple. Nous sommes devenus modernes maintenant, répond-il sur un ton à mi-chemin entre l'humour et le sarcasme, signifiant avec une simple expression du visage que la modernité tant attendue n'est pas encore totalement arrivée jusqu'à eux.

Le postier prend l'enveloppe, l'examine et semble dès les premiers instants déceler une information cachée au milieu de cette superposition de tampons.

— J'ai trouvé ! s'écrit-y-il en levant l'index de sa main droite. Je vais vérifier sur mes fiches et vous donner le nom du bureau postal d'où la lettre est partie.

Il sort de son bureau un petit livret, le feuillette

quelques secondes et lève à nouveau son index :
— Jaipur, Rajasthan !!!

Hilda, ayant compris la réponse, se tourne vers Kiran et lui demande :

— Jaipur ? C'est bien ce qu'il a dit ?

— Tout à fait Madam'. Dans la province du Rajasthan.

— Et c'est loin d'ici ?

— En principe 4 à 5 heures de route Madam'. Peut-être même plus.

— Et le train ? Existe-t-il des trains pour s'y rendre ?

— Tout à fait Madam'.

Hilda prend un peu de recul et se met à réfléchir pendant que Kiran reprend le courrier et remercie l'agent postal. Elle s'interroge à cet instant sur la faisabilité de son enquête. Elle se demande si Viktor n'avait finalement pas raison. Peut-être aurait-il été préférable de ne pas engager autant de moyens. Après avoir fait un si long voyage, il faut désormais qu'elle prenne le train pour se rendre à l'ouest du pays, une aventure surdimensionnée pour une jeune femme chic et bon genre qui n'est jamais sortie de sa Suède natale.

— Vous ne pourriez pas venir avec moi par hasard ? demande-t-elle à Kiran avec hésitation.

— Je suis désolé Madam'. Je travaille sept jours sur sept pour nourrir mes cinq enfants, et je n'ai que quelques jours de congé par an. Mon patron ne me laissera jamais vous accompagner, et je ne peux pas m'absenter.

— Mais je peux vous payer Kiran ! Je peux aussi le demander à l'hôtel. Peut-être votre chef acceptera-t-il ?

— Je suis vraiment désolé Madam'. Il faudra vous y rendre sans moi. Mon patron a déjà refusé ce genre de demande dans le passé. Mais ce ne sera pas si compliqué…

— Mais comment vais-je faire ? lui demande-t-elle.

— Je vous amènerai à la gare. Le train vous conduira à Jaipur. Là-bas vous n'aurez qu'à vous renseigner auprès des quelques hôtels de la ville.

— Quelques hôtels seulement ? Vous êtes certain de ce que vous dites ?

— Oui Madam'. L'Inde, comme vous pouvez le constater, n'est pas encore un pays touristique. Et dans une ville comme Jaipur, beaucoup plus petite que New Delhi, des Européens ne passent jamais inaperçus. Avec un peu de chance, vous trouverez quelqu'un qui a déjà vu ou rencontré la personne que vous cherchez.

Pendant le trajet de retour à l'hôtel Impérial, Hilda, assise à l'arrière du véhicule, se montre pensive. Elle se dit qu'il y a encore une chance de retrouver Sören. Kiran est apparu rassurant tout à l'heure et s'il dit vrai, ce ne sera peut-être pas si difficile de retrouver sa trace. Il lui faudra surtout penser à se munir d'une photo de Sören avant de partir pour

Jaipur. Mais nul besoin de s'inquiéter d'un éventuel oubli. Depuis sa disparition, l'un des plus beaux clichés de lui, une image prise un soir d'été à Malmö, ne la quitte jamais, toujours rangé de façon délicate dans son sac à mains.

CHAPITRE SEPT

Le lendemain matin, à huit heures précises, Kiran attend Hilda sur le parvis de l'hôtel afin de la conduire à la gare. Le train ne doit partir qu'à 9h 30, mais la circulation infernale de cette ville oblige à prendre de la marge en toutes circonstances. Hilda, une petite valise à la main, toute habillée de blanc dans une jolie robe en flanelle délicatement brodée sur sa partie inférieure, se retrouve donc à nouveau en compagnie de Kiran dont elle notera les ultimes instructions sur le trajet.

Vers neuf heures, ils arrivent à la gare. Kiran s'empare du petit bagage d'Hilda et la conduit jusque sur le quai.

La gare, comme toujours ici, est bondée, ce qui oblige Kiran et Hilda, après avoir acheté les billets à l'entrée, à jouer des coudes pour se frayer un chemin dans la foule compacte.

— C'est ce wagon, Madam'. Vous avez une place

dans le compartiment numéro douze, lui dit-il en haussant la voix pour se faire entendre dans le bourdonnement de la multitude.

— Tous ces gens vont-ils prendre le même train que moi ? demande-t-elle, l'air un peu affolé.

— Tout à fait. Mais rassurez-vous, vous êtes en classe supérieure. Tout ira parfaitement bien. Le repas est même compris avec votre billet. Pensez surtout à descendre au bon arrêt. Ce serait dommage de le rater et de compliquer votre voyage.

— Merci Kiran. J'essayerai de m'en souvenir, lui répond-elle avec un léger sourire qui ne parvient pas à dissimuler sa peur.

Sur ces mots, Hilda monte dans le wagon et se retourne une dernière fois pour faire un signe d'adieu à Kiran. Elle sait qu'à cet instant précis, elle est livrée à elle-même.

∼

Dans ce train, le couloir central est étroit. Elle s'y enfonce avec une timidité qui freine sa marche vers son compartiment :

— Pardon. Excusez-moi. Je suis désolée… répète-t-elle sans arrêt sans oser faire comme tout le monde ici, c'est-à-dire bousculer la personne qui se trouve devant soi pour avancer.

Dans ce wagon de couleur bleue dont les fenêtres rectangulaires sont étroites et protégées par des barreaux métalliques, l'air est presque irrespirable. C'est en tout cas la sensation qu'éprouve Hilda en croisant toute cette diversité de gens. Il y a de tout dans ce train, des hommes, des femmes, des enfants, beaucoup d'enfants. Des paquets de marchandises qu'il faut enjamber sont parfois entreposés à même le sol, et certains voyagent même avec des animaux, comme des poules ou cette chèvre blanche attachée à un banc en bois qui semble ne pas comprendre ce qui se passe autour d'elle. Hilda est un peu comme cette pauvre bête et se demande ce qu'elle fait ici : — Mais dans quelle aventure me suis-je embarquée ? se dit-elle dans sa tête en constatant qu'elle ne fait manifestement pas partie du même monde.

Au bout de quelques mètres parcourus à la sueur de son front, Hilda aperçoit le compartiment douze. Celui-ci compte six places assises, trois dans le sens de la marche et trois autres juste en face. Il ne reste déjà qu'une seule place de libre, les autres sièges étant occupés par une famille composée d'un couple d'adultes et de leurs trois enfants dont les âges vont à priori de deux à huit ou neuf ans.

Hilda s'avance : — Bonjour, je crois que cette place m'est réservée.

Alors que la maman, sari jaune recouvert de broderies blanches et voile rouge sur la tête, lui fait signe de s'asseoir avec un grand sourire, Hilda gagne avec délicatesse son siège, en faisant attention à ne toucher personne. Le mari, de façon spontanée, se lève pour la laisser passer et sans rien lui dire, lui prend sa valise des mains afin de la poser sur le porte-bagages situé en hauteur.

— Merci bien pour cette aide qui m'est précieuse, lui dit-elle afin de lui témoigner sa gratitude.

Le monsieur sourit mais ne dit rien.

— Vous parlez anglais ? C'est l'une de vos langues officielles, je crois… demande Hilda.

La petite famille la regarde avec un air étonné, mais personne ne répond, si ce n'est par un sourire que tous affichent sur leur visage. Hilda comprend dès lors qu'ils ne font pas partie de ce tiers des Indiens qui sont anglophones. Sans doute est-ce là le signe que ce ne sont pas des citadins, et qu'ils habitent peut-être dans une région reculée où la pratique de l'anglais n'est pas répandue.

Hilda s'installe et se fait discrète. Elle regarde par la fenêtre le quai s'éloigner et se dit que le voyage va être long. Il faut presque cinq heures pour parcourir les quelque deux cent cinquante kilomètres qui séparent Jaipur de New Delhi. Mais cet après-midi, après s'être rendue dans un hôtel réservé la veille, elle pourra faire le tour des quelques établissements qui hébergent des touristes, afin de demander si quelqu'un a déjà vu Sören. Par chance, la liste qui lui a été fournie par Kiran durant le trajet vers la gare n'est pas longue. Jaipur n'est pas une grande ville pour un pays de cette dimension et ne s'est ouverte au tourisme que très récemment. Il faut dire que l'Inde possède une image assez négative auprès des Européens et continue d'être associée à la pauvreté et à la famine. Il faut bien avouer, comme l'a constaté Hilda maintes fois depuis son arrivée, que cette réputation n'est pas totalement infondée. La misère y est endémique et voir de jeunes enfants faire la mendicité n'est pas facile à accepter. Puis la culture indienne est tellement différente qu'elle suscite des appréhensions bien naturelles. C'est pourtant un beau pays, avec une richesse architecturale incomparable et des paysages splendides qu'Hilda contemple désormais depuis son siège situé côté fenêtre, compartiment numéro douze.

Au bout de trois heures et plus de sept arrêts déjà, un membre du personnel roulant s'arrête avec un chariot métallique au milieu du couloir et commence à distribuer de la nourriture aux passagers de la classe supérieure. Hilda regarde furtivement les plateaux mis à disposition. Il semble y avoir de la purée, de la soupe et une sorte de galette. Accablée par la chaleur et n'ayant pas faim pour le moment, Hilda préfère s'abstenir et se dit qu'elle mangera mieux à l'hôtel. C'est donc avec politesse qu'elle décline cette offre. Pendant ce temps, la dame qui est assise juste à côté se lève afin de récupérer les plateaux pour ses enfants et son mari. Elle fait la distribution, se rassoit et sort de l'un de ses sacs une poche contenant des espèces de beignets dont la forme est triangulaire. Elle en donne un à chacun de ses enfants, deux à son époux et c'est toujours avec un grand sourire qu'elle en pointe un autre vers Hilda. La jeune femme, avec une gêne non dissimulée, lui indique que c'est très aimable de sa part mais qu'elle n'en veut pas. La dame insiste une seconde fois avec un signe de la tête qui semble dire « Allez prenez-en un, cela me ferait plaisir. ». Hilda ne sachant quoi faire, n'ose plus refuser et accepte de goûter le beignet si gentiment offert. Elle le prend dans ses mains et le porte à sa bouche en remerciant sa voisine qui la regarde fixement en attendant de voir sa réaction. Ce beignet, dont elle apprendra plus tard que ça s'appelle ici un samosa, est composé d'une fine pâte de blé qui enrobe une farce de viande, de piments et d'épices. Le goût n'est pas mauvais. Bien au contraire, Hilda apprécie dès la première bouchée la saveur qui s'en dégage. Le seul problème, et c'est là sa seconde impression, c'est que ce samosa est fortement épicé. Les enfants, voyant les yeux d'Hilda se plisser sous les effets du piment, ne peuvent se retenir de rire. Il est vrai que le contraste entre l'attitude très discrète adoptée jusque-là par la jeune femme et l'expression faciale qu'elle ne peut à l'instant contenir est assez drôle. Hilda, dans un geste frénétique, indique à la mère de famille qu'elle a un besoin impérieux de boire afin d'apaiser le feu dans sa bouche. La dame lui donne immédiatement un grand verre d'eau qu'Hilda s'empresse d'avaler.

— C'est très bon mais c'est fort en goût, dit-elle en faisant mine d'être soulagée après avoir tout bu d'un seul trait.

La dame, qui semble malgré tout comprendre ce

que lui dit Hilda, lui fait signe avec les mains qu'il faut tout manger et lui dit en hindi : — Allez-y, finissez le beignet, ça vous fera du bien !

Les enfants, eux, continuent de rire, bientôt rejoints par deux autres personnes qui passaient dans le couloir et qui regardent avec amusement la jeune femme.

Hilda regarde son samosa et se dit alors qu'il n'en reste pas grand-chose. Voulant faire plaisir à cette famille, c'est avec un geste sec qu'elle met le beignet tout entier dans sa bouche, le mâche rapidement et l'avale. Les enfants l'applaudissent. Hilda est rassurée, elle a fini le samosa sans s'étouffer.

Suite à cette découverte culinaire, Hilda, se remettant de ses émotions, appuie la tête contre la fenêtre et ferme les yeux quelques instants. Elle aimerait s'assoupir mais le cadre s'y prête mal. D'un côté, il y a ce train qui fait beaucoup de bruit, et cela même sans compter sur les passagers qui ne sont pas les plus discrets ; de l'autre, il y a ces magnifiques paysages verdoyants qui attirent son attention, presque de façon hypnotique. Au fil des kilomètres parcourus sur cette voie ferrée, c'est un véritable spectacle qui se déroule devant elle. La végétation, les champs de riz, les plantations de thés sont autant de merveilles qui participent au dépaysement. — Si ma grand-mère me voyait, elle n'en reviendrait pas ! se dit-elle, en pensant à la neige qui recouvre en ce moment sa Suède natale.

Vers 13h 30, alors qu'il ne reste que peu de temps avant d'arriver à destination, Hilda se sent soudainement incommodée par des ballonnements. Son estomac fait du bruit et l'appel de la nature vers les toilettes se fait pressant. Elle décide donc de se lever afin de s'y rendre. Le père de famille, comprenant ce qui se passe, se lève pour qu'elle puisse sortir du compartiment et lui indique le chemin des toilettes qui se trouvent au fond du wagon. Après avoir enjambé un gros sac de blé et une chèvre, encore une autre mais cette fois-ci de couleur noire, Hilda arrive devant une porte sur laquelle figure l'indication WC. Avant d'actionner la poignée de ces commodités supposées appartenir à la classe supérieure, elle se trouve saisie à la gorge par une forte odeur de matières fécales. Hilda craint désormais le pire. Elle a un besoin urgent mais ne se sent pas prête à tous les sacrifices, l'hygiène faisant partie de ses priorités absolues. Manque de chance, ces toilettes sont immondes. Elles semblent ne jamais avoir été nettoyées et seul un animal, se dit-elle à cet instant, pourrait s'y soulager. Il n'y a même pas de papier mis à disposition, et la jolie robe blanche d'Hilda ne pourrait en sortir indemne. Elle n'a donc pas le choix, elle attendra d'être arrivée à l'hôtel.

Hilda se souviendra longtemps de ce voyage en train qui constitue une expérience à part entière. Fort heureusement, il ne lui manquait plus que quelques minutes pour arriver à Jaipur, prendre un taxi et se rendre au bien nommé Occidental Hôtel qui sera sans nul doute, en comparaison des conditions de voyage dans ce train, un havre de paix.

CHAPITRE HUIT

L'Occidental Hôtel, situé aux portes du centre historique, n'a rien à voir avec l'Impérial dans lequel elle séjournait à New Delhi. C'est un établissement de moyenne gamme, ouvert quelques semaines auparavant et qui offre des chambres sans style mais confortables. Étant donné le voyage qu'elle vient de faire depuis la capitale, Hilda s'en trouve très satisfaite.

Peu de temps après s'être douchée, changée et rassasié avec un simple bol de riz blanc, Hilda se retrouve dans le hall de cet hôtel dont la personne chargée de l'accueil vient de lui commander un chauffeur. Elle attend paisiblement et se sent confiante. Elle est arrivée à rejoindre Jaipur toute seule et se dit que désormais elle est capable de mener à bien sa mission.

Le chauffeur, un jeune homme d'une vingtaine d'années à peine, entre dans l'hôtel et se dirige vers le comptoir des enregistrements.

— C'est votre taxi Madam', dit le réceptionniste en interpellant Hilda.

Celle-ci les rejoint sur le champ :

— Bonjour Monsieur, je suis ravie de vous rencontrer, dit Hilda à ce garçon vêtu d'un simple tee-shirt blanc de la marque Coca-Cola, d'un short rouge et portant des tongs aux pieds.

— Il ne parle pas anglais, lui indique le réceptionniste. Mais dites-moi où vous désirez aller. Je vais lui écrire sur un papier en hindi.

Hilda sort de sa poche la liste d'établissements susceptibles d'avoir reçu Sören, liste que Kiran lui avait suggéré le matin même.

— Je dois aller prendre des renseignements dans ces lieux.

— Pas de problème Madam'. Ce jeune homme vous y conduira.

En sortant de l'hôtel, Hilda constate que ce garçon est venu la chercher avec un autorickshaw, sorte de version moderne du pousse-pousse traditionnel tracté par un vélomoteur. Hilda s'installe et le bolide s'engage dans la circulation. Les odeurs d'essence qui émanent de ce petit taxi remontent jusqu'à elle mais ne l'empêchent pas d'être fascinée par les décors qu'offre cette partie de l'Inde. La ville de Jaipur, de construction plus récente et beaucoup moins chaotique que New Delhi, surprend par sa beauté architecturale et la couleur unifiée de son centre historique. C'est en rose que la ville entière s'affiche. Soudain, au détour d'une ruelle empruntée par son chauffeur afin d'éviter les bouchons, elle passe devant le Palais des vents. C'est l'un des monuments emblématiques de la cité, entièrement construit en grès rouge et rose sable, dont la façade pyramidale, imposante, majestueuse, rappelle la forme de la couronne portée par Krishna, le dieu hindou.

Deux rues plus loin, après s'être faufilé entre un bus et une charrette tout en évitant une vache qui traversait tranquillement l'avenue, le rickshaw tourne soudainement à droite, puis à nouveau à gauche avant de piler devant la première adresse indiquée sur la liste. Il s'agit du Taj Mahal Hôtel, un établissement qui porte bien mal son nom. Il ne possède rien d'un palais. Sa façade, décrépite pour moitié, rappelle à Hilda le centre historique de New Delhi. Elle descend du véhicule, entre à l'intérieur et se dirige vers la réception. Sortant la photo de Sören, elle s'adresse à la dame en poste derrière le comptoir :

— Bonjour, je viens vous voir pour un renseignement. Cet homme sur la photo est mon fiancé. L'auriez-vous déjà aperçu ? Il n'a donné aucun signe de vie depuis longtemps et je m'inquiète…

La dame regarde la photo mais ne semble pas reconnaître Sören et lui répond dans un anglais approximatif : — Je suis navrée Madam'. Je ne l'ai jamais vu.

Déçue, Hilda la remercie et rejoint son taxi qui l'attend à l'extérieur. « Au suivant ! » dit-elle en remontant à l'arrière du rickshaw.

Le garçon, qui comprend qu'il faut désormais se rendre à la seconde adresse, enfourche le vélomoteur et démarre plein gaz. Hilda s'accroche à son siège. Elle sait qu'elle va être bousculée, la conduite de son chauffeur étant sportive. Qu'importe, confiante et gorgée d'espoir, elle a hâte de se rendre au second hôtel. Pourtant, ce qu'elle ne sait pas encore à cet instant ce qu'elle ne trouvera aucune information à ces adresses. A chaque fois, la réponse sera la même, personne n'a vu Sören.

Vers dix-huit heures, alors que la chaleur est encore pesante, c'est fatiguée et le moral en berne qu'Hilda est de retour à son hôtel.

— Alors Madam' ? Tout s'est bien passé ? lui demande le réceptionniste en la voyant traverser le hall pour se rendre à sa chambre.

— Pas vraiment. Je n'ai pas obtenu ce que je voulais.

— Mais que cherchez-vous ? Je peux peut-être vous aider à l'obtenir ?

Hilda sort la photo de son sac :

— C'est cet homme que je recherche. Mon fiancé. Et personne ne l'a déjà vu ici alors que je suis certaine qu'il est venu dans cette ville.

Le monsieur de la réception se montre pensif, et lui fait une remarque :

— Les rares occidentaux qui viennent ici ne viennent en général que pour deux motifs : les affaires ou les ashrams.

— Les ashrams ? réplique-t-elle.

— Oui, les ashrams. Vous savez ? Ce sont des endroits où les gens viennent pour la spiritualité, pour méditer. Il paraît que c'est devenu à la mode chez vous, en Occident. Il y a cette vague hippie dont j'ai entendu parler...

— Et des ashrams, comme vous dites, il y en a beaucoup dans le coin ?

— Oui, il y en a quelques-uns. Vous pourriez aller voir ceux qui accueillent des étrangers, ceux-là sont très rares.

— C'est vrai que ça paraît intéressant. C'est peut-être une piste à creuser...

L'espoir renaissant suite à cette conversation, Hilda remercie le réceptionniste et lui pose une dernière question :

— Par lequel commenceriez-vous ?

— Je pense au Om Ashram qui est connu pour initier des débutants. Il est situé dans le quartier de Ram Nagar.

— Merci infiniment pour vos précieux conseils. Pourrez-vous demander au jeune de cet après-midi de m'y conduire ? Demain matin si c'est possible ? Pas avant dix heures de préférence...

— Pas de problème Madam'. Il sera là à cette heure-ci.

Hilda remonte alors dans sa chambre, heureuse d'avoir eu l'occasion d'échanger quelques mots avec ce monsieur. A quelques minutes près, elle aurait pu ne pas le voir et rater peut-être une bonne opportunité de retrouver Sören.

CHAPITRE NEUF

Ce matin-là, Hilda est plus motivée que jamais. Elle a un étrange sentiment, comme si tout à coup la chance devait enfin lui sourire. Dans cinq minutes, il sera dix heures et sur le perron de l'hôtel, c'est avec impatience qu'elle attend déjà son chauffeur.

Le jeune homme arrive en trombes, s'arrête devant elle, lui fait signe de patienter une minute avant de se rendre à l'intérieur pour prendre les instructions auprès du réceptionniste.

Hilda s'installe à l'arrière du rickshaw. Cette fois-ci elle a pensé à prendre un éventail qu'elle peut utiliser en ce moment même, la chaleur étant déjà pesante. Quelques minutes passent et elle ne comprend pas la raison pour laquelle elle doit attendre : — Mais que fait-il ? se demande-t-elle.

Le jeune homme sort enfin de l'hôtel. Il est

accompagné du réceptionniste qui fait mine de vouloir dire un mot à Hilda :

— Excusez-moi Madam'. Nous venons de discuter quelques instants. Je lui ai expliqué la situation, et il m'a dit qu'il connaît quelqu'un dans le quartier qui pourrait sans doute vous renseigner. Il s'agit d'un Américain qui traîne dans ce coin depuis longtemps. Peut-être serait-il judicieux de lui parler de votre fiancé ?

— Oui. Ok. Vous avez raison. Ça peut valoir le coup d'essayer, lui répond Hilda qui affiche maintenant un grand sourire sur son visage.

Le rickshaw démarre et s'enfonce dans la circulation. Hilda espère qu'elle va trouver cet homme à proximité de l'ashram et qu'il va pouvoir lui fournir des informations.

Il est dix heures trente, Hilda et son chauffeur sont enfin arrivés. Le véhicule est garé devant cet établissement tout peint en blanc. Il s'agit du Om Ashram. Son imposant portail bleu est grand ouvert. De la rue, Hilda peut entrevoir le patio dont une partie est recouverte de pelouse verte. Au fond, de chaque côté de l'entrée principale, se trouvent deux petits temples en marbre blanc soigneusement sculptés dont les colonnes abritent des statues de divinités, l'une d'elles, vue d'ici, semblant être Ganesh.

Le jeune chauffeur descend de son vélomoteur et se dirige de suite du côté opposé à l'ashram. Il s'arrête au milieu de la rue, jette un regard sur ce qui parait être un café juste en face et, pointant du doigt ce lieu, s'adresse à Hilda :

— Mike ! lui dit-il avec un ton assuré.

— Mike ? C'est comme cela qu'il s'appelle ? Vous pensez qu'il est là ?

Le garçon, en pointant à nouveau son doigt dans la même direction et en prononçant une fois de plus le mot Mike, lui fait ainsi savoir qu'elle a bien compris. Hilda sait alors ce qui lui reste à faire, se rendre à l'intérieur de cette échoppe et demander à voir cet homme.

Ce qu'elle pensait être un café est en fait une auberge à bon marché dont le rez-de-chaussée fait office de buvette et de restaurant. Le lieu est rustique, dans son jus. Au mur, derrière ce qui sert de comptoir, des centaines de photos sont épinglées de manière désordonnée. On peut aussi y voir des petits mots probablement laissés par des clients. L'un d'eux, écrit en anglais, indique en grosses lettres : « Merci de m'avoir accueilli comme votre frère. Je pensais être perdu. Je ne le suis plus ».

Hilda s'avance vers la réception mais il n'y a personne ici pour la renseigner. Elle regarde sur sa droite, sur sa gauche, espérant voir quelqu'un. Soudain, elle entend une voix masculine qui vient du fond de la salle :

— Si tu cherches quelque chose ? Il va falloir attendre…

Hilda se retourne et voit alors ce monsieur affalé sur sa chaise. Bouteille à la main, cheveux longs et sales, barbe mal rasée, portant une chemise bariolée à moitié ouverte sur un pantalon tacheté de peinture, cet homme semble ne pas avoir été sobre depuis fort longtemps.

Hilda, apeurée, le regarde mais ne lui répond pas tout de suite.

— Ils ne sont jamais là quand on a besoin d'eux, ajoute-t-il en buvant une gorgée supplémentaire de bière.

— Je voulais juste un renseignement monsieur. Je cherche un dénommé Mike.

— Tu lui veux quoi à Mike ? Lui aussi est occupé aujourd'hui…

— On m'a dit qu'il connaît bien le quartier et qu'il pourrait peut-être avoir déjà vu une personne que je cherche… mais ce n'est pas grave, je repasserai plus tard.

Hilda se dirige dès lors vers la sortie, et juste avant de passer la porte, le monsieur l'interpelle à nouveau :

— Reviens ! T'en vas pas !

Hilda s'arrête et se retourne vers lui, étonnée.

— C'est moi Mike, lui dit-il en lui faisant signe de venir s'asseoir.

Sur le coup, Hilda est quelque peu inquiète, mais se disant à elle-même qu'elle se trouve dans un lieu public où rien ne peut lui arriver, elle traverse la salle et s'installe à la même table que lui.

— Bon vas-y, raconte-moi. Et fais vite parce que tout à l'heure je dois aller voir Madame la Ministre, lui dit-il pour faire un trait d'humour. A l'évidence, il n'était pas en état de se rendre à un quelconque rendez-vous.

— Sören, mon fiancé, a disparu depuis quelque temps, et j'ai l'intuition qu'il est passé par ici.

Hilda sort la photo de son sac et la pose sur la table. Mike se frotte les yeux, sort de sa poche une petite paire de lunettes, et regarde avec attention le cliché :

— La photo est très jolie, mais elle ne lui rend pas justice. En vrai, il est encore plus beau que ça...

Hilda, surprise, l'interrompt immédiatement :

— Êtes-vous en train de me dire que vous connaissez Sören ?

— Oui. Il est passé par ici.

— Vous en êtes certain ?

— Oh que oui ! Un beau garçon comme celui-ci, ça ne s'oublie pas...

— Mais où est-il maintenant ? lui dit-elle, en l'interrompant une nouvelle fois.

— Aucune idée, mais je suis certain qu'il est loin de chez lui.

— Pourquoi dites-vous cela ? Que savez-vous ? Et puis, que faisait-il ici ?

Mike recule, se cale au fond de sa chaise et se montre pensif quelques brefs instants. Il boit une dernière gorgée de sa bière désormais vide, pose la bouteille d'un coup sec sur la table et avance le buste vers elle, comme pour lui confier un secret :

— Tu sais, il y a des choses qui ne sont pas toujours faciles à entendre. Et il y en d'autres qu'il vaut mieux ne pas savoir.

— Que savez-vous Mike ? Que savez-vous sur Sören ?

— Et toi ? Tu sais quoi de moi ? Tu viens là, tu poses des questions, mais moi je ne sais rien de toi… et je pense que tu ne sais rien de moi non plus.

— Je m'appelle Hilda, je suis la fiancée de Sören. J'ai fait un long voyage pour venir jusqu'ici afin de le retrouver. Quant à vous, on m'a dit que vous êtes américain et que vous vivez dans ce quartier depuis longtemps.

— Oui, tout cela est vrai. Mais ce n'est pas le plus important…

Mike se lance alors dans un monologue visant à retracer son parcours. Il lui explique qu'il est originaire du Kentucky, que ses parents avaient des terres agricoles, qu'il est arrivé en Inde en 1955 après avoir combattu dans la guerre de Corée :

— Quand tu penses qu'ils n'ont même pas voulu de moi pour faire le Vietnam ! Des abrutis tous ces gens…

— Pourquoi n'avez-vous pas été autorisé à aller au Vietnam ? Vous étiez blessé ? lui demande-t-elle.

— Pire que ça ma belle… pire que ça. Ils ont décidé que je n'étais pas comme eux, que je n'étais pas assez bien, que ce que je suis pouvait constituer un danger.

— Un danger ?

— Oui, c'est ça…je suis supposé être un pervers.

Hilda, l'air étonné, lui fait comprendre qu'elle ne saisit pas ce que lui raconte Mike :

— Un pervers ?

— Écoute Hilda. Je vais t'expliquer les choses avec simplicité. On dira que les femmes n'ont pas ma préférence. Et être tel que je suis, héros de guerre ou pas, est interdit dans l'armée. Ils ne veulent aucune « tapette » comme ils disent, en employant leur ton supérieur. Et maintenant qu'ils sont empêtrés dans cette fichue guerre, ils préfèrent me savoir ici qu'à leurs côtés. Et ma famille, quand tout cela s'est su, a fait la même chose. Personne ne m'a défendu, et j'ai tout perdu, raison pour laquelle je me suis exilé.

Embarrassée par les confidences de Mike auxquelles elle ne s'attendait pas, Hilda essaye de revenir sur le sujet qui la préoccupe le plus :

— Et Sören, que savez-vous de lui ?

— Pas grand-chose en réalité. Il est toujours resté assez mystérieux.

— Il vous a parlé de moi ?

— Non. Jamais.

— C'est étonnant tout de même. Nous sommes fiancés.

— Moi ce que je sais, c'est que ce type était comme tous les autres qui viennent ici. Il était perdu, à la recherche de lui-même.

— Je ne comprends pas ce que vous dites Mike…

— Depuis que les Beatles, en 1969, s'ont venu en Inde pour y faire une retraite spirituelle et écrire l'un de leurs albums, je n'arrête pas de voir des petits blancs qui viennent ici pour être initiés à la spiritualité. C'est comme s'ils venaient jusque dans ce trou paumé pour trouver des réponses qu'ils ont déjà, mais ne veulent ni voir ni entendre quand ils sont chez eux. C'est très étrange en fait.

— Je ne vois pas le rapport avec Sören. C'était un homme parfaitement heureux, bien intégré, avec un bon métier, une famille et des amis qui l'aiment. De quelles réponses voulez-vous parler ? lui dit-elle sur un ton un peu agacé.

— Ton Sören, il ne m'a rien dit, mais je suis persuadé qu'il est dans le même cas que moi…

Hilda, en colère, le coupe net : — Comme vous ? C'est-à-dire comme vous ?

— Tu m'as très bien compris, lui rétorque-t-il.

— C'est vraiment n'importe quoi ! Ce que vous insinuez est grave ! J'étais sa fiancée et avant moi il avait connu plein d'autres filles. Croyez-moi, il en a connu plein ! Ce que vous dites n'a pas de sens !

— Au contraire ! lui dit-il sèchement. Mais je te l'avais dit, il y a certaines choses qui sont difficiles à entendre.

Hilda, furieuse : — Mais qu'est-ce qui me dit que vous le connaissez véritablement ? Comme une idiote, je vous ai donné son nom au tout début de notre conversation. Prouvez-moi que vous le connaissez !

— Voyons voir ce dont je me rappelle….Il vient d'un patelin dont j'ai oublié le nom en Europe du Nord, la Finlande, le Danemark ou quelque chose dans le genre…Et un autre truc important : son meilleur pote s'appelle Viktor. C'est un prénom facile à retenir…Viktor, comme Victor Hugo.

Hilda comprend dès lors que Mike connaît bel et bien Sören. Quant à ses propos, elle se dit à elle-même qu'il vaux mieux les mettre sur le compte de l'alcool. Elle connait Sören et ne peut envisager une seule seconde que les insinuations de Mike puissent être vraies.

Hilda reprend la photo qu'elle met dans son sac à mains, et en se levant dit un dernier mot à Mike :

— Ecoutez Mike. Je crois que nous allons en rester là. Je vous remercie d'avoir pris du temps pour moi et vous souhaite bonne continuation.

— De rien. Un jour tu te rendras compte, et tu me remercieras. En attendant, bon vent et bonne recherche, *Madame la fiancée* de Sören.

Sur ces mots, Hilda, déçue et contrariée, décide de rentrer à son hôtel afin de réfléchir sur ce qui pourrait suivre.

CHAPITRE DIX

Il n'est pas encore midi, et Hilda, allongée sur le lit, les yeux rivés sur le ventilateur au plafond, se remémore la conversation qu'elle a eu ce matin avec l'ancien militaire américain. De toute évidence pour elle, il ne peut avoir raison car si tel était le cas, elle aurait décelé chez Sören quelque chose qui n'allait pas. Mais ce qui l'intrigue et laisse son esprit sans repos, c'est la raison pour laquelle il est venu jusqu'ici. Pourquoi avoir été aussi loin pour s'isoler ? Que cherchait-il à fuir ? Certainement pas ce à quoi Mike faisait référence.

Soudain, une idée lui vient en tête. Il faut qu'elle descende à la réception pour poser une question. Elle se lève, et se dépêche de descendre dans le hall. Arrivée devant le comptoir, elle s'adresse au réceptionniste :

— J'ai une question à vous poser. Elle va sans

doute vous paraître étrange, mais j'ai besoin de savoir…

— Je vous écoute Madam'.

— L'homosexualité est-elle autorisée dans votre pays ?

Le réceptionniste semble gêné : — Vous savez, chez nous, on ne parle pas de ce genre de choses. Mais la réponse est non, ce n'est pas légal, même si tout le monde sait que cela existe…

En entendant cette réponse, Hilda esquisse un sourire : — Merci monsieur. C'est bien ce qui me semblait.

— De rien Madam'. C'est bien normal.

Hilda s'apprête alors à remonter dans sa chambre, elle fait quelques pas puis revient à nouveau vers la réception :

— Excusez-moi… J'ai besoin de retourner au même endroit que ce matin. Pourriez-vous m'appeler un taxi ?

Désireuse de poser d'autres questions à Mike, Hilda veut désormais reprendre la conversation entamée quelques heures auparavant. Pour cela, elle doit retourner dans le quartier du Om Ashram.

Arrivée sur place, elle espère retrouver l'Américain. Elle se dit qu'il n'a peut-être pas bougé de place. Par chance, Mike est toujours à la même table, une bière à la main.

Elle rentre dans l'auberge et s'avance vers lui. En la voyant, il s'adresse à elle :

— Je savais que tu allais revenir ! Tu as réfléchi et tu t'es dit que j'avais peut-être raison.

— Pas du tout ! lui répond-elle.

Elle s'assoit et prend la parole : — Savez-vous si dans mon pays, la Suède, l'homosexualité est autorisée ?

— Aucune idée et j'en ai rien à faire…

— Et bien sachez que l'homosexualité y est autorisée depuis 1946 ! Nous sommes l'un des premiers pays en Europe à l'avoir légalisé.

— Ok… et alors ?

— Et bien je me dis que vos insinuations ne tiennent pas la route. Car on m'a confirmé tout à l'heure que c'est en revanche interdit en Inde. Dès lors, pourquoi venir ici pour la raison que vous invoquez si c'est autorisé chez nous ? Cela n'aurait aucun sens.

— Calme-toi… lui dit-il en essayant de l'apaiser. D'une part, tu apprendras que dans cette affaire la loi n'y fait pas grand-chose. Même si c'est légal, le regard porté par la société peut être très difficile à vivre, surtout si tu habites dans une petite ville. C'est terrible, tu sais, de se sentir jugé. Puis il y a un autre problème, encore plus grave. Souvent, la pression sociale et familiale sont telles que tu finis parfois par te censurer, par t'interdire d'être toi-même. Crois-moi, ce sont des choses qui arrivent.

Hilda, plus calme :

— Je comprends ce que vous dites, mais Sören n'est pas dans ce cas. Je ne compte plus le nombre de fois où il m'a dit qu'il n'aimait pas ces gens-là, les personnes de votre genre. Puis j'ai beau y réfléchir, je ne vois pas ce qu'il pouvait bien vouloir fuir. Il avait tout pour être heureux…

— Ton homme est resté là plusieurs semaines. Il a passé des journées entières enfermé, sans voir personne. Il a appris à méditer, et ce qu'il voulait, c'est trouver des réponses.

— Mais des réponses à quoi ?

— Sur le sens de sa vie. Sur sa destinée. Moi, j'ai ma théorie et je vois qu'elle ne te plait pas. Il est possible que j'ai tort, mais pour moi il n'osait même pas s'avouer à lui-même ce qu'il est, au plus profond de lui. Et cette collection de conquêtes dont tu m'as parlé ce matin, ainsi que ses propos homophobes, ne font que me conforter. Il séduit les femmes pour se convaincre que c'est un homme, un vrai, tel que ses parents auraient aimé qu'il soit. Mais ce genre de mensonge ne dure qu'un temps, un jour ou l'autre il faut admettre la vérité, et admettre surtout qu'on s'est trompé sur soi-même. Crois-moi, c'est difficile… Des gars comme lui, j'en ai vu d'autres.

Mike s'arrête de parler, avale une grande gorgée de bière et reprend son propos avant même qu'Hilda ne puisse lui répondre :

— Puis il y a une leçon à tirer de tout cela, que j'ai raison ou que j'ai tort : *Est ignorant celui qui pense se connaître*. Comme le disait un grand penseur chinois, il est plus facile de connaître les autres que de se connaître soi-même, seule condition pour atteindre la sagesse. Je suis certain, par exemple, qu'en venant ici, toi la petite bourgeoise qui habite un pays aussi froid que riche, tu t'es découverte sous un nouveau jour. C'est ce que cherchent ces occidentaux qui s'aventurent chez nous, découvrir une nouvelle facette d'eux-mêmes. Ton Sören, je te le dis, devait ne pas aimer ce qu'il était en Suède. Ce qu'il cherchait, ce n'était ni quelque chose, ni quelqu'un, mais lui-même.

— Et que devrais-je faire d'après vous ? lui demande-t-elle.

— Lui laisser le temps de se retrouver. S'il t'aime, il reviendra vers toi un jour.

Les mots de Mike eurent l'effet d'un coup de tonnerre pour Hilda. Mike n'avait pas tort, on croit savoir qui on est, on pense connaître les autres, mais ce n'est jamais totalement vrai. Ce qu'il avait dit sur le voyage de la jeune femme était juste. En venant en Inde, l'expérience lui prouva qu'elle était bien plus forte qu'elle ne pouvait l'imaginer. Cette jeune femme, discrète et timide, n'aurait jamais pensé en être capable. Elle s'était révélée à elle-même dans l'épreuve. Hilda, qui passa les trois dernières années à se lamenter sur son sort, venait de comprendre que le destin est une chose qui se prend en mains. La vie est une constellation permanente d'opportunités qu'il faut avoir le courage de saisir. Elle avait aussi réalisé que ses préjugés sur l'Inde n'étaient pas entièrement justifiés. Certes le pays souffre d'extrême pauvreté et de conditions sanitaires déplorables, mais Hilda ne s'y était jamais sentie en danger. Elle avait aussi découvert la splendeur des paysages, la richesse d'une culture millénaire et la gentillesse des personnes qui ont croisé son chemin et sans lesquelles ce périple n'aurait pas été possible. En un sens, elle s'était découverte en aventurière, elle avait pris goût à cette palette d'expériences et à cette ouverture d'esprit que seuls les voyages peuvent offrir. Quant à Sören, elle avait désormais la certitude qu'il est venu ici pour échapper à sa vie en Suède. La raison exacte de cette fuite restait indéterminée, mais comme l'avait souligné Mike à la fin de son discours, il est encore possible qu'il revienne un jour. Après tout, cette mystérieuse lettre en est le signe. Elle n'a sans doute aucun rapport avec la mort d'Anna, comme l'avait suggéré Viktor, mais elle constitue un premier pas vers un possible retour. Le plus sage, dès lors, était de rentrer en Suède, avec la certitude que Sören est vivant et que, peut-être un jour, il reviendra.

APPRENDRE À ÊTRE SOI-MÊME

Le texte qui suit est une émanation de
Camille Levy, *Apprendre le Bonheur et le Construire*, 2013

AVANT-PROPOS

« La vraie grandeur consiste à être
maître de soi-même »

— D. DEFOE

Les règles édictées par la société dans laquelle nous vivons pèsent considérablement sur nos épaules. Nous y sommes soumis de façon permanente et le plus souvent de façon inconsciente, toute notre vie, du jour de notre naissance jusqu'à celui de notre mort. Les sociologues, depuis Émile Durkheim, utilisent à ce sujet le terme *Institution*. Les institutions, qui exercent à notre égard une force contraignante, sont faites des façons de penser et d'agir que la société attend de nous en chaque circonstance. Et lorsque nous dérogeons à ces règles, nous prenons systématiquement le risque de la sanction sociale. Cette sanction se traduit d'ailleurs le plus souvent par une stigmatisation, phénomène qui peut être très difficile à vivre pour celles et ceux qui se retrouvent, selon des considérations souvent discutables, pointés du doigt pour avoir eu un comportement jugé déviant ou pour être porteurs d'une différence représentée comme inacceptable par la société. Autant dire alors que cette sanction relève dans certains cas de l'injustice. Pensez par exemple à ceux qui souffrent du racisme ou plus généralement du fait d'être différent, de ne pas être conforme au plus grand nombre. Le sentiment de rejet qui découle de ce mécanisme est d'une violence insoupçonnée qu'il faut avoir déjà vécue pour bien la mesurer.

DES RÈGLES DISCUTABLES

Ces règles, ces codes auxquels nous devons nous soumettre afin de rester dans le rang, sont admises de tous par le biais de l'éducation que nous recevons. Nous les intégrons au fil de la socialisation, ce processus complexe par lequel chacun de nous, au contact de nos proches et du reste de la société, apprend les bases du vivre ensemble, ou ce qu'il est bon de faire et de penser pour être intégré socialement. Ces règles ne sont pourtant pas toujours faciles à suivre. Et dans certains cas, elles peuvent même être préjudiciables. Traçant une ligne supposée imperméable entre ce qui relève du bien et ce qui représente le mal, la Norme sociale issue des institutions précédemment évoquées nous dicte en permanence ce que nous devrions être. A l'école par exemple, il faut être studieux. De même qu'au travail, il faut être obéissant ou qu'envers ses proches, il faut être attentif. Les exemples pourraient ici être multipliés à l'envie. À chaque circonstance de la vie, correspond en effet une norme sociale à laquelle chacun devrait en principe se plier, à tort ou à raison. Certaines d'entre-elles méritent d'ailleurs d'être débattues. Si le fait d'encourager l'honnêteté ou la politesse peuvent par exemple sembler tout à fait légitimes dans un souci de valorisation de l'harmonie sociale, que pourrions-nous dire du fait d'être mince ou d'être musclé, d'être barbus pour les hommes ou épilées pour les femmes, normes esthétiques qui correspondent toutes à des critères historiquement relatifs ? La beauté physique il est vrai n'a pas toujours été définie de façon identique, de même qu'elle n'est pas perçue de façon universelle. Soulignons de plus que ces mêmes critères sont soumis à des variations considérables d'une culture à l'autre. Qu'il s'agisse de comportements ou de représentations du monde, certaines attitudes qui sont socialement valorisées ou dévalorisés chez nous peuvent ainsi ne pas l'être ailleurs. C'est le cas notamment des comportements liés à l'identité sexuelle. Si la transexualité est parfaitement admise en Thaïlande où les *kathoeys* — appellation donnée localement aux individus transgenres — sont reconnus socialement et possèdent même dans certaines communes des toilettes qui leur sont réservées, il est aujourd'hui difficile d'en dire autant en ce qui concerne l'Europe où la difficulté d'attribuer une appartenance sexuelle clairement identifiée reste une source forte de stigmatisation pour les personnes concernées. Un homme se doit encore d'être « viril » et une femme d'être « féminine », quand bien même il existe une évolution incontestable du regard porté par la société ces dernières décennies sur la différenciation des rôles attribués à chacun des sexes.

UNE DIVERSITÉ NÉCESSAIRE MISE EN DANGER

Il résulte donc de ces mécanismes normalisateurs une volonté parfois violente d'effacer les différences, les singularités. Pourtant, nous sommes tous différents les uns des autres, et c'est même cette diversité qui fait la richesse de nos sociétés et de l'humanité toute entière. Imaginez l'horreur que serait un société monolithique dans laquelle il n'y aurait que des hommes, que des femmes, que des grands, que des petits ou que des personnes issues du même milieu social. La richesse naît de la multiplicité et de la complémentarité que celle-ci engendre. Sur le plan personnel et psychologique, c'est d'ailleurs l'ensemble des rencontres que nous faisons tout au long de notre vie qui nourrit notre identité et notre richesse intérieure. À l'aube de notre dernier jour sur cette planète, ce n'est pas le patrimoine ou les liquidités disponibles qui feront notre richesse, mais bel et bien les expériences que nous aurons vécues ainsi que la quantité et la qualité des relations avec les personnes que nous aurons côtoyées.

En ce qui concerne cette diversité qu'un excès de norme pourrait mettre en danger, un autre point peut ici être abordé, celui du génie des Grands Hommes sans lesquels notre humanité paraîtrait bien plus terne et se serait peut-être même éteinte depuis fort longtemps. Le génie, s'il est difficile à définir avec exactitude, peut néanmoins être perçu comme une force intérieure dont sont douées certaines personnes pour aller au-delà de ce que le commun des mortels est capable de penser ou de réaliser. L'histoire du génie humain montre que les grands penseurs, les grands artistes ou les grands scientifiques ont tous pour point commun d'avoir été un jour en capacité d'avancer à contre courant. Souvenons-nous quelques instants de Galilée qui eut cette vision géniale d'une Terre qui n'est pas ronde, à une époque où cette perspective qui remettait en cause la place de l'Homme dans l'univers et le Dogme lui valut d'être condamné par le tribunal de l'inquisition. Si Galilée s'était contenté de suivre la norme respectée dans son domaine de spécialité, s'il n'avait pas pris le risque d'interroger la *doxa*, les sciences d'aujourd'hui ne seraient pas ce qu'elles sont. Il en est de même pour Newton, Einstein ou Mozart. Il faut par ailleurs ajouter à cela que si les comportements déviants et les pensées excentriques sont sanctionnés par la société, ils ne le sont pas en toutes circonstances, et ce notamment lorsqu'il est question d'innover. L'innovation est en effet valorisée, encouragée dans de nombreux secteurs, que ce soit dans les sciences, en entreprise ou dans le domaine artistique. Or celle-ci n'est possible, par définition, que lorsqu'il y a une prise de risque associée à un changement dans le processus de pensée, se rapprochant dès lors de la créativité dont font justement preuve les génies. L'innovation implique donc une transgression qui dans certains cas et par le biais de moyens pas toujours légitimes peut tout à fait servir l'intérêt commun et faire l'objet d'une reconnaissance sociale à postériori. Dans l'histoire, nombre de dirigeants politiques ont pu par exemple avoir recours à des méthodes discutables dans l'intérêt supérieur de leur pays.

SE FAIRE CONFIANCE EN REFUSANT LE FORMALISME

Ainsi, il faut parfois avoir le courage de refuser les excès de formalisme. Ce n'est pas parce que votre comportement n'est pas totalement conforme à celui que vos collègues de travail ou votre famille attendent de vous, que vous êtes pour autant dans l'erreur. Bien au contraire, par votre différence, par votre refus de vous soumettre au dictat de la norme, vous offrez à votre entourage la possibilité de voir les choses autrement, de penser autrement. Dans son ouvrage intitulé *La Confiance en Soi*, le philosophe américain Ralph Waldo Emerson invitait de la sorte ses lecteurs à être anticonformistes. Dans une Amérique au XIXème siècle dont les cadres sociaux, politiques et religieux étaient particulièrement rigides et pesants, cette attitude lui apparaissait comme étant à la fois une source d'épanouissement personnel et le fondement d'une évolution sociétale positive.

Il ne faut donc pas hésiter à remettre sans cesse en

questionnement la norme sociale. Telle ou telle norme est-elle véritablement la meilleure pour vous ? Faut-il uniquement faire les choses parce que la société vous dit qu'il est préférable de les faire de telle ou telle autre manière ? Prenons une fois de plus un exemple. Depuis l'invention en Europe de la famille bourgeoise au XVIIIème siècle, il est communément admis qu'une famille "correcte" est constituée de préférence d'un père, d'une mère, tous deux mariés, et d'enfants issus de cette union légitime. Les historiens de la famille parlent même à ce sujet du modèle de la « Bonne Famille », comme si les autres types de structures familiales étaient dès lors moins acceptables. Ce modèle de la famille classique a certes vécu. Aujourd'hui, il est d'ailleurs remis en cause dans les faits, au sein d'une société où les divorces sont nombreux et la majorité des naissances, depuis 2007 en ce qui concerne la France, sont issues de couples non mariés. Mais il n'en reste pas moins que cette représentation a laissé des traces très vives dans notre culture. De nos jours encore, pour être pleinement intégré socialement il est préférable d'être en couple, hétérosexuel de préférence — même si les points de vue évoluent —, mariés si possible et surtout avec des enfants. Le bonheur peut bien évidemment passer par ces éléments. Être en couple et avoir des enfants est dans bien des cas une source indéniable de satisfaction. Mais est-ce pour autant obligatoire ? À y regarder de plus près, on se rendra surtout compte que ces normes, liées au domaine de la famille dans le cas présent, sont surtout devenues pour certains un véritable poids. Il est en effet parfois difficile de supporter le regard des autres lorsque votre vie ne correspond pas pleinement a la vision que ceux-ci se font de ce que devrait être votre vie. Pas facile d'être célibataire lorsque vos amis sont en couples. Pas facile non plus d'être un couple sans enfant lorsque toute votre famille vous réclame une descendance, au nom justement de votre bonheur et de la plénitude que vous laisseriez passer si vous décidiez de ne pas en avoir.

ÊTRE EN ACCORD AVEC SOI-MÊME

Il n'est pas ici question de vous inciter à rejeter la norme, sous prétexte que celle-ci en est une et qu'à ce titre elle vous est imposée. Être dans la norme permet l'intégration sociale, et celle-ci est une source indiscutable de bonheur. Ce n'est pas un hasard si les études démontrent que la propension au suicide est généralement inverse au degré d'intégration sociale. C'est un constat maintes fois vérifié que faisait déjà Durkheim à la fin du XIXeme siècle. Pour autant, il faut aussi apprendre à être vous-mêmes, à vous affirmer face à la force constante et contraignante du regard porté par la société sur vos faits et gestes. En un sens, la question à toujours avoir en tête est la suivante : dois-je faire les choses simplement parce que les autres me disent que c'est bien de les faire ? Ou dois-je plutôt faire des choix en fonction de ce que je pense intimement être le meilleur pour moi ? La question de la consistance cognitive — le fait que vos actions soient en accord avec vos convictions — doit ici toujours être posée comme un principe, rien n'étant plus difficile à vivre que de ne pas être en accord avec soi-même. Soyez donc fidèle à celui ou à celle que vous êtes, l'idéal étant de toujours chercher, en fonction des circonstances, le juste équilibre entre le respect de la norme et la sanction sociale qu'implique son éventuel rejet. Et cette zone d'équilibre ne doit pas vous être dictée par autrui. Prenez conseils auprès de votre entourage si nécessaire, soyez à l'écoute, mais ne vous contentez jamais de suivre aveuglément ce que vous disent les autres dans la mesure où tous, dans une société qui valorise l'individualisme et la concurrence, ne cherchent pas forcément votre bien. En outre, ne vous laissez pas non plus influencer par la représentation outrancière et déformée que notre société se fait de la réussite. Aujourd'hui ceux dont on dit qu'ils ont réussi doivent avoir une profession valorisante, des revenus substantiels, du pouvoir, de l'influence, un physique attrayant, une grande maison, une belle voiture et si possible une famille parfaite au sein de laquelle règne l'ordre et l'harmonie. Nous oublions trop souvent que la vie ne se présente que très rarement sous la forme d'un continuum cartésien, sorte de ligne droite et ascendante qui symboliserait le progrès dans une vie faites d'une succession d'évènements représentés abusivement comme étant toujours liés les uns aux autres. À l'inverse, elle n'est en réalité faite que de ruptures, d'avancées, de reculs, de stagnations, de ralentissements et de progressions qui ne supportent pas toujours la comparaison. La vie d'un homme ou d'une femme est rarement linéaire. Dans une société qui siècles après siècles reste finalement très masculine, dominée par les hommes et fondée sur la compétition, nous avons tendance à toujours vouloir se mesurer aux autres. Pourtant, la réalité s'avère plus complexe. On peut très bien être dans une phase de réussite à une époque, et ne plus l'être le lendemain. Et cette notion même de réussite, comme nous l'évoquions antérieurement, reste par ailleurs très relative. Le publicitaire Jacques Séguéla, lors d'une sortie médiatique restée célèbre, avait-il raison en disant que l'on a échoué dans sa vie si à cinquante ans on ne possède pas de Rolex ? S'il n'avait pas tout à fait tort dans la mesure où les possessions matérielles sont souvent le signe d'une réussite professionnelle, ce serait une erreur que de limiter cette question à l'argent. La définition du verbe « réussir », qu'il est impossible de qualifier universellement, va surtout dépendre de vos priorités et des valeurs auxquelles vous attachez le plus d'importance. Un femme pour laquelle la maternité semble indispensable à son épanouissement aura probablement le sentiment d'avoir réussi sa vie en élevant des enfants qu'elle estimera, une fois devenus adultes, conformes à la représentation qu'elle se donne d'une bonne éducation. De même, une autre personne pour laquelle l'épanouissement passe par le succès professionnel se sentira peut-être plus enclin à définir la réussite à travers l'idée que l'on peut aisément se faire d'une carrière accomplie tant sur le plan des responsabilités que sur celui des finances. Ces éléments de définition sont d'ailleurs parcellaires et peuvent tout à fait être combinés. Rien n'interdit à personne d'être à la fois une mère accomplie et une femme d'affaires puissante. Rien n'interdit non plus d'être ni l'un ni l'autre. Ce qu'il faut surtout c'est être capable de se fixer des priorités, de se fixer un idéal et de ne permettre à personne de vous l'interdire, quelle qu'en soit la raison. Cette réussite, comme tout un chacun, vous la méritez. Que votre épanouissement implique de gagner de l'argent, de devenir une personne de pouvoir, d'être un globe-trotter sans attache, un artiste acclamé, des parents comblés ou tout cela à la fois, vous devez vous y acharner et ne pas laisser l'opportunité du bonheur vous passer sous les yeux sans la saisir. Hector Durville, dans l'un des ses essais sur *le Bonheur et la Réussite*, souligne ainsi avec force cette nécessité absolue de prendre les rennes de son destin en choisissant par le fruit d'une réflexion qui ne vous ai pas imposée le chemin que vous désirez véritablement. Et pour cela, il rappelle justement qu'il faut arriver à se faire confiance, à ne pas toujours suivre la voie que les autres aimeraient vous voir prendre. La réussite nécessite toujours de la ténacité, de l'obstination et du courage pour s'affirmer. Dans un monde qui n'a de cesse de vouloir tout uniformiser, elle ne vous ai jamais donnée, elle n'est jamais facile et c'est de cette adversité que se nourriront vos convictions les plus fortes, celles qui permettent de se dire enfin un jour que l'on est Soi-Même.

PRENDRE LE RECUL NÉCESSAIRE

Bien évidemment, donner des conseils reste facile, les suivre un peu moins. Nous savons tous à quel point la pression sociale peut être forte. Parfois, elle est contraignante au point de devenir asphyxiante. Ce n'est pas pour rien que certains, malheureusement, en tombent malades, sombrent dans la dépression ou vont jusqu'à commettre le pire, l'irréversible. Se sentir exclu, mal compris ou peu apprécié n'est jamais facile à vivre. Le regard que les autres portent sur vous peut être extrêmement lourd à tenir au quotidien, y compris dans la sphère familiale. Mais face à ce constat et tout en restant fidèle à soi-même, il faut savoir rester pragmatique et ne pas s'encombrer de questionnements d'ordre idéologiques — *Est-ce bien ? Est-ce mal ?* — qui compliquent toujours une prise de décision. Il faut donc se donner la possibilité, en prenant le recul nécessaire, de mesurer les avantages et les inconvénients d'une sortie éventuelle de la marge que votre comportement pourrait impliquer, d'une mise à l'écart que vous pourriez subir avec plus ou moins de violence en fonction de vos manières d'agir, de votre point de vue ou de votre identité. S'il vous est impossible de suivre cette norme que d'autres voudraient vous imposer, la question ne se posera même pas, la seule option restante étant d'assumer pleinement sa spécificité. En revanche, il est bien des cas dans lesquels la possibilité vous est offerte d'adapter vos façons de faire, ou de présenter avec plus ou moins d'habileté le fond de vos pensées lorsque celles-ci sont susceptibles de choquer. Je conseille en effet, sans jamais renier celui ou celle que vous êtes, de ne pas chercher le conflit inutilement. Il s'agit en fait, dans votre intérêt, de ménager les susceptibilités en valorisant le dialogue et le compromis. Sans avoir à feindre l'hypocrisie dans un jeu schizophrène où le menteur qui cache sans arrêt son identité véritable finit par se mentir à lui-même, essayez de comprendre la position des autres même lorsque celle-ci ne vous est pas favorable. Faites en sorte qu'ils comprennent que votre divergence de point de vue ou votre différence, si tel est le cas, ne constitue pas un danger. Et si ces personnes persistent tout de même à vous rejeter, c'est qu'ils ne méritent pas vos efforts.

Comprendre qu'il existe des manières de faire et de penser que la société vous impose selon des critères dont nous avons vu qu'ils sont relatifs, est une étape importante dans la construction de votre identité véritable. Permettre à votre authenticité de s'épanouir implique d'une part la reconnaissance des valeurs auxquelles vous êtes le plus attachées, et d'une autre la prise de conscience de ces mécanismes qui visent à vous imposer toute une panoplie de façons d'être, comme si vous étiez une marionnette sans personnalité que la société pourrait manipuler au nom d'une représentation plus que discutable de l'harmonie sociale. Ne vous laissez donc pas faire, surtout lorsque ces injonctions constituent une entrave à votre bonheur. Ne cherchez pas à suivre aveuglément le chemin que l'on cherche à vous faire prendre, sous le prétexte notamment que c'est une position plus facile à tenir. Posez-vous les bonnes questions, et si vous n'y trouvez pas de réponses satisfaisantes, rappelez-vous de cette citation de Einstein qui disait que « lorsqu'il n'y a pas de solution, c'est que le problème a été mal posé ». Il faut donc sans cesse interroger les rapports que vous entretenez au monde dans lequel vous vivez. Les réponses à ces questionnements, bien évidemment, ne sont jamais simples à produire. Mais le simple fait de vous imposer cette réflexion devrait à minima vous autoriser un certain recul à l'égard des nombreuses pressions normatives auxquelles nous sommes sans cesse soumis. Et surtout, n'ayez jamais peur d'être vous-même.

Copyright © 2022 par FV Éditions
Couverture et mise en page : Canva.com, FV Ed.
ISBN Ebook : 9791029914003
ISBN Livre Broché 9791029914027
ISBN Livre Relié 9791029914010
Tous droits réservés

Du même auteur

www.ingramcontent.com/pod-product-compliance
Lightning Source LLC
LaVergne TN
LVHW031615060526
838201LV00007B/187